WEI YUEDU

微阅读

1+1工程

1+1 GONGCHENG 第五辑

花在枝头俏

邓同学

百花洲文艺出版社
BAIHUAZHOU LITERATURE AND ART PRESS

图书在版编目（CIP）数据

花在枝头俏／邓同学著．—南昌：百花洲文艺出版社，2014.9（2016.4重印）

（微阅读1+1工程）

ISBN 978-7-5500-1069-7

Ⅰ.①花… Ⅱ.①邓… Ⅲ.①小小说—小说集—中国—当代 Ⅳ.①I247.8

中国版本图书馆CIP数据核字（2014）第200854号

花在枝头俏

邓同学 著

出 版 人：姚雪雪

组稿编辑：陈永林

责任编辑：赵 霞

出　　版：百花洲文艺出版社

发行单位：全国新华书店

印　　刷：北京一鑫印务有限责任公司

开　　本：787mm×1092mm 1/16

印　　张：12

版　　次：2016年4月第2版

印　　次：2016年4月第2次印刷

字　　数：128千字

书　　号：ISBN 978-7-5500-1069-7

定　　价：20.00元

赣版权登字：05-2015-8

邮购联系：0791-86895108

网址：http：//www.bhzwy.com

前　言

以“极短的篇幅包容极大的思想”，才能够以小胜大，经过读者的阅读，碰撞出思想的火花，震撼人的心灵。正因为这样，微型小说成为一种充满了幽默智慧、充满了空灵巧妙的独特文体。

如果说在二十一世纪的头一个十年，是互联网大大改变了我们的生活，那么在我们正在经历的第二个十年里，手机将更为巨大地改变我们的生活。如今，以智能手机为平台，正在构成一个巨大的阅读平台。一种新的阅读方式正不知不觉地走进大众的生活。一个新的名词就此产生，它便是“微阅读”。微阅读，是一种借短消息、网络和短文体生存的阅读方式。微阅读是阅读领域的快餐，口袋书、手机报、微博，都代表微阅读。等车时，习惯拿出手机看新闻；走路时，喜欢戴上耳机“听”小说；陪人逛街，看电子书打发等待的时间。如果有这些行为，那说明你已在不知不觉中成为“微阅读”的忠实执行者了。让我们对微型小说前景充满信心和期待的是，微型小说在微阅读的浪潮中担当着极为重要的“源头活水”。

肩负着繁荣中国微型小说创作、促进这一文体进一步健康发展的责任和使命，微型小说选刊杂志社推出了“微阅读1+1工程”系列丛书。这套书由一百个当代中国微型小说作家的个人自选集组成，是微型小说选刊杂志社的一项以“打造文体，推出作家，奉献精品”为目的的微型小说重点工程。相信这套书的出版，对于促进微型小说文体的进一步推广和传播，对于激励微型小说作家的创作热情，对于微型小说这一文体与新媒体的进一步结合，将有着极为重要的作用和意义。

编者

2014年9月

目　录

阿忠嫂

阿忠嫂是村上出了名的漂亮媳妇。

阿忠嫂不仅漂亮，而且有学问，高中毕业。当初阿忠嫂嫁给阿忠哥时，村上大小伙子去闹洞房，想开些粗野的玩笑，出出他们的洋相，可是阿忠嫂几个猜谜便让年轻后生度过了一个高雅新鲜的夜晚。

和阿忠嫂比起来，阿忠哥老实多了。知道摆弄好自家的责任田，缴缴公粮，给娃交交学费，过着自给自足的农家日子。看着别人家做生意或打工都发财买了家电或盖了新房，阿忠嫂便让阿忠哥也去打工。阿忠哥跟着邻村的黄狗去云南做生意，说是贩卖药材，其实是把云南年轻女子以招工名义骗来卖掉。阿忠告诉黄狗，这可是犯法的事呀！被公安抓着要蹲大狱的。可黄狗不听，说，不想干你回去。阿忠当真回去了。阿忠把黄狗拐卖妇女的事说给阿忠嫂听。阿忠嫂说，咱拉棍要饭也不干那缺德的事。

阿忠嫂做的饭菜是村上很有名气的。面条擀得又细又长，吃起来好吃。一次，乡里一位副乡长来村里检查工作，在支书家吃饭，支书请阿忠嫂去擀面条。阿忠嫂勤快，那天洗过菜后无事可做，见几个娃在地上玩红薯叶梗，娃们把红薯叶梗弄成项链挂在脖子上。阿忠嫂也顺手掐了一把红薯梗。村支书几个干部陪着副乡长喝酒，鸡鸭鱼肉都是老一套，乡长说，换个素净口味的。厨师作了难，乡长能爱吃咱们农家菜吗？阿忠嫂说，我来试试。阿忠嫂青烧了一盘子红薯叶梗。端上去后，连见多识广的副乡长都叫不上菜名。问支书，支书说，不知道。问阿忠嫂，阿忠嫂顺口撒了个谎，说这菜叫“翡翠绿条”。冬天，副乡长又来村里，让做“翡翠绿条”。阿忠嫂说明年夏天再来吧。乡长喜欢上了吃阿忠嫂的饭菜，说要把阿忠嫂请到乡里做菜。阿忠嫂说给阿忠哥听，阿忠哥说，俺看那副乡长对你没安好心。阿忠嫂说，你真是井里的蛤蟆，没见过多少日头。副乡长是一乡之长，管着全乡几万人的吃喝，哪能像你整天就想着和婆娘睡觉。阿忠哥这一搅和，阿忠嫂也没去乡里。后来，乡里建开发区，店铺林立，副乡长又请阿忠嫂去开发区开一家农家饭店，让外乡来的宾客尝尝农家饭菜。阿忠嫂征求阿忠哥的意见，阿忠哥后悔上次不该阻拦阿忠嫂，便不假思索地答应了。阿忠嫂便着手开饭店。取什么店名呢？阿忠嫂说，叫“阿忠饭店”吧。阿忠哥说，我的名气没你大，就叫“阿忠嫂饭店”吧。开张那天，乡长、副乡长、乡直各单位的头头都来了。阿忠嫂又冒出了一个大冷门，做了一个新菜叫“蒸鲜花”。一种间红间白的鲜花，和上面，上锅蒸，蒸后用油调，十分可口。乡里一帮人竟猜不出鲜花的名字来。阿忠嫂的饭店经众人传播，名气更大，客人更多，阿忠哥整天笑眯眯地数钱，说，日姐，这一天挣的钱抵一亩地一年的收成。

有一天，阿忠嫂的女儿哭着找妈，说哥打了她。阿忠嫂问为什么打她，她说，她和小朋友们玩，摘了院中的花子，哥要打她，说爸妈要把花子卖钱的。食客们怔了，原来阿忠嫂说从外国进口的鲜花菜是家中的木槿花。阿忠两口子骗人。后来，还是副乡长出面说，木槿花怎么了，谁能创造一个新菜名，我乡长重奖她，蒸鲜花要大力宣扬，成为咱乡的名菜。

阿忠嫂出了名。后来，阿忠嫂带动村里几户人家脱贫致富，为希望工程捐款，修了村里路，人们把阿忠嫂当成一方善良的形象。再后来，阿忠嫂被县上选为政协会员，去县上开会，电视上还出现过阿忠嫂讲话的镜头呢？十里八村流传着阿忠嫂的美名。

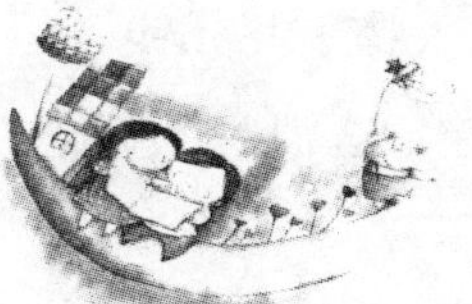

处长的洁癖

李处长大学毕业后分配到市政府工作，没几年，便坐到处长的位置上，可谓春风得意。

李处长家是农村的，靠母亲含辛茹苦把他供养到大学毕业。如今，他成了家，把娘从乡下接到城里，与娘共享天伦之乐。

这天，李处长在外边溜达，一个颤抖的声音跟过来：“先生，擦擦皮鞋吧，一块钱。”李处长看清了，这是一个农村妇女，有三十几岁，脸上有点苍老，但模样还是俊俏的。李处长本想拒绝，他仿佛想起了什么，便让那女的给擦了皮鞋。

擦皮鞋的都随身背着小凳子，让客人往小凳子上一坐，便可开始营业。那女人先清了李处长皮鞋上的浮土，然后上油、抹开，反复搓揉。皮鞋露出锃亮的光芒。

李处长和擦皮鞋的女人聊了起来。李处长问，家是哪里的？女人答，本县的。家里几口人？家里四口人，孩他爹外出打工，两个娃都在上学，一个上高中，明年考大学，老师说，考大学很有希望，能考个二本或重点大学，为给娃准备学费，出来挣点钱。其实，俺认识你，你是处长，俺在电视上见过你，你还作过报告哩。李处长说，我能帮你什么忙？女人说，你让找你办事的人进你办公室前擦擦皮鞋，我就不用奔波了。李处长答，好。

某乡副乡长一行数人要找李处长汇报一个项目，副乡长喜滋滋地递上报告，李处长往副乡长脚上一瞄，一双皮鞋布满了灰尘，四边已经发白，好久没有上鞋油的样子。李处长毫不客气地说："先把皮鞋擦干净再进来！"语气十分严肃，不像是开玩笑的样子。副乡长几个人退出来嘀咕，上哪儿擦皮鞋去？有人说，刚才我看见机关门口有擦皮鞋的。副乡长几个人便到了机关门口，擦皮鞋的女人挣了几元钱。

进李处长办公室之前必须擦亮皮鞋，这消息不知怎么传了出来，李处长也不否认。

有天，李处长看见城管撕扯那擦皮鞋的女人，便下车问怎么回事。城管说，她蹲这里，有碍市容！李处长火了，她碍你妈的市容！是我让她在这里的！城管也认识李处长，知道李处长是一个权力很大的人物，便悻悻地走了。那女人说，谢谢李处长！李处长问，最近生意好吗？女人说，还可以，每天挣十几到二十几元。

女人说，俺给娃算过命，娃要遇见贵人帮，你就是俺娃的贵人。李处长说，以后遇到什么难事尽管去机关找他。

擦皮鞋的女人怀揣着希望，她要给娃攒够几千元的学费，要一双接着一双地擦皮鞋攒钱。每积下一元，娃上大学便近了一步。

其实，没人知道李处长为啥有这个洁癖，只有他自己心中明白。多年前，母亲像这个女人一样，靠乞求着给人擦皮鞋供着自己读完了大学。不管怎么说，他不让眼前这个女人像母亲一样奔波，他要帮着这个女人完成让娃上大学的心愿。善事做一件是一件吧。

借　条

大林办了个养鸡场，占好几亩地，十几排鸡舍，气派着哩。鸡舍里还拉了灯泡，生了火，穿厚一点到里边就出汗。鸡昼夜不停地吃食，像拽着长的一样，一天一个样。鸡苗叽叽喳喳像首动听的乡村音乐。

大林放出话来，谁家有钱借给他，年息二分，比存银行生利息高出几倍。村里十几家都把钱借给了大林，二灰和大林是初中时的同学，二灰去过大林养鸡场一回，养鸡场确实气派，他跟媳妇说，把咱家的钱借给大林，行不？比存在银行里利息高。二灰媳妇说，中。二灰就把存在银行的五千元钱取出，交给大林。大林在自己笔记本上记下，又给二灰写了借条，约定了借钱的利息。

二灰揣着借条回家了。二灰让媳妇看，媳妇说，收好，收好，这可是咱家的全部家产呀。二灰跟媳妇算了一笔账，五千块钱存在银行里一年才百十块钱的利息，交给大林，一年光利息就一千块钱，几年下来，又生出一个五千块，像下崽似的。媳妇美滋滋地亲了二灰一口，说，你真行。

天有不测风云，大林鸡场的鸡不知得了什么病，接二连三地死去。银行封了大林的账户，借给大林钱的人要不到钱，去抢大林家的电视机、大柜，连鸡舍的砖头都给扒去了。能拿的让人都拿去了。大林三天三夜没有吃一点东西，二灰不好意思扒东西，二灰媳妇说二灰，怎么也得问问大林，咱家的钱啥时能还呢？架不住媳妇的嘀咕，二灰终于向大林开了口，大林说，我还剩五千块钱，你把借条拿来，我先还你本吧，二灰从家取来了借条，大林抓到手里，三下二下撕碎，一张嘴，嚼了咽了。二灰看得目瞪口呆“你！你!”大林说：“我还借你钱没有？我现在谁的钱也不欠。”

二灰回家跟媳妇说了，媳妇便到大林家里骂，大林也不还，任二灰媳妇骂去。

二灰两口子找人咨询了一下，人家告诉他们，可以到法院告大林。法官问，可有证据？二灰说，有借条。借条呢？借条让大林嚼了吃了。法官笑了，那还有什么证据呢？没有了。法官提示，你借给大林钱时还有谁在场？二灰说，没有第三个人，当时就我俩。法官说，你这个案就不要立了。二灰垂头丧气地回了家。

大林受不了讨账的纠缠，一气之下，离家出走了。

数年后，大林开着汽车回家过春节，还带回一个女的，大林说是他媳妇。大林在城里干建筑包工头，发了。大林给村人放话说，拿着他的借条，到他家拿钱去。很多人没想到，多年后还能把当初扔水里的钱捞回来。大林说，欠公家的钱，缓些日子还，借老少爷们的钱一分钱也不能少。

大林算算，他借钱的户数差不多都来了，这才想起二灰没有来。他想起来了，原来他把借二灰的借条吃了，一打听，二灰的媳妇患上了胃癌，医生说需要动手术，二灰正为几千元的医疗费着急哩？大林领着媳妇买了礼品，去医院看了二灰媳妇，二灰媳妇说，好兄弟，那年我不该骂你，别生嫂子的气。大林说，嫂子别说了，大林掏出钱给二灰，这是一万元钱，先用着，不够我再想办法。二灰说：“够了，够了。”二灰问大林，当初你不是把借条给吃了吗？大林说，我是把借条吃了，吃借条也是没办法的事，主要是因为要账的多，逼得没法子了。借条没有了，但在我心里，我永远不会忘记你们当初对我的帮助和信任。

动手术后，二灰媳妇很快恢复了健康。出院后，她逢人便说，大林是个好人，大林是个有良心的人。

回 家

铁棒回村了，村里人悄悄地在传递着这个消息。

不是因为铁棒当了大官，也不是铁棒经商赚了大钱。钱棒是公安局通缉的逃犯——那年铁棒打伤二虎后，因不知二虎死活，便和女人一起逃往新疆一亲戚家。

因为什么扯不清的一件小事，铁棒的女人和二虎的女人便结下了疙瘩，两人时不时要骂上一顿。那年的春上，铁棒的女人和二虎的女人又骂上了阵，适逢铁棒和二虎又都在场，二人好像得了女人的怂恿，便撕打在一起。铁棒三下二下便把二虎打倒在地，不省人事。村人连忙把二虎送进医院。二虎家女人哭着要铁棒给医药费，说二虎不知是死是活，要是二虎死了让铁棒抵命。铁棒塞给二虎家女人五百元钱，便和妻子连夜搭车逃走。

二虎经医院全力抢救，总算捡回了一条命，光医疗费就花去二三万元。医生说是伤着脑子了，经法医鉴定构成轻伤。二虎出院后，不见铁棒的下落。二虎找到村主任说，这一住院花去几万块钱，都是向亲戚借的，咋整哩？村主任说，要不你把铁棒的麦子收了，铁棒不回来，铁棒的几亩责任田由你耕种。二虎应了，便收了铁棒责任田的麦子，种起了铁棒家的责任田，像对待自己家责任田一样。和别人不一样的是，铁棒家的这几亩责任里，二虎不交公粮，不出统筹，村主任也拿二虎没有办法。

铁棒和女人几经辗转来到新疆的老姨家落脚，在那里包了农场几十亩地。先到的几年，没敢往家里写信或打电话，后来终于知道二虎没死，便和女人生出想回家的念头。女人想家更强烈些，细算下来，离家也五六年了，家中的房子漏雨不？柜中的衣物可能早已霉的不成样子。虽说家里穷，但毕竟是自己的家。女人说，今后谁再骂咱，咱不还口，即使吐一脸痰咱自己擦擦也不再和人干架。出外确实难呀。再说，如今种地不但不交公粮，政府还给钱哩。责任田就是咱的命根子。

铁棒领着女人回到了家中，屋里七漏八淌，实在不成家的样子。

铁棒请村主任调解，村主任写下了调解书。

铁棒一次性赔偿二虎住院等各项费用二万元整，今后永不纠缠。铁棒两口子这几年在外头攒得三万元钱，把两万元给了二虎，一万元留下修房子。二虎当下写了收条。二虎还开句玩笑，多亏铁棒手下留情。不然，今天写不成收条了。二虎把责任田还给铁棒。

铁棒忙完了责任田，又忙着修房子。可是，还没有忙完，派出所民警找上门来，说是执行逮捕。铁棒说，俺已经给过二虎钱了，咋还逮捕俺？民警说，你赔偿的是民事责任，刑事责任还没有清哩。

铁棒的案件到了法院，铁棒被判处缓刑释放回家。

铁棒两口子像换了个人似的，从没有再和谁吵架，更不用说动手了，铁棒时不时还去二虎家帮忙干点农活。二虎留铁棒吃饭，还喝杯酒，好像两家打架的事就没发生过。

义 务

老憨叔是全村公认的老实人，几十岁了，没有与人吵过嘴斗过架。

生产队时，老憨叔种队里的菜园，从没有往家里多拿一根菜。生产队解散了，老憨婶常常埋怨老憨叔那时脑子不开窍，不知道往家里送菜。

这些年，随着经济的发展，通信事业飞快发展。农村也通了电话及有线电视，农村人和城里人一样走进了“电灯电话”的时代。老憨叔的两个儿子都在外地打工，什么时候想家了，便给老憨叔打电话啰嗦几句，十分方便。

电信公司为加强对通信电缆的管护，委托村委会找个管护员，村主任找了老憨叔。电信公司便与老憨叔签订了合同。合同上写明，管护员负责村子周围线路的管护，电信公司每月付给老憨叔三百元“工资”。三百元虽不多，但也费不了多少时间，老憨叔很满足。

老憨叔像经营自家的责任田一样，管护着村子周围的通信电缆。每天早早地起来沿着村子走一圈，晚上再绕着村子转一圈。日复一日，风雨无阻。

有天晚上，村里黑蛋和狗娃因琐事在村里厮打，老憨叔在此路过。狗娃一拳打在黑蛋的鼻子上，黑蛋用手一抹，满脸是血。老憨叔把二人拉开。黑蛋住进了医院，经法医鉴定，黑蛋鼻梁骨骨折，构成轻伤。警察找到老憨叔，说，凡是知道案件真实情况的人，都有作证的义务。老憨叔问，那什么是义务？警察说，义务就是你只要看到听到就把看到听到的讲出来。老憨叔说了那天晚上他看到狗娃打黑蛋的事。狗娃原想扛一扛不承认，但因有了老憨叔的证言，不承认也不行。警察把狗娃刑事拘留了。

在看守所里，狗娃吃尽了苦头，尝尽了看守所整在押犯罪嫌疑人的招数，“坐飞机”、“开摩托”、“看金鱼”等。所谓看金鱼，就是对着茅桶看里面有没有金鱼，要聚精会神地看。“开摩托”就是让人趴在铺板上，另一个人骑在上面，拧着耳朵，谓之加油门，照下面的胯部踢一脚称发动摩托车，下面的人嘴里还要发出摩托车“突突”的声音。狗娃实在受不了，便托人捎信，让家人无论如何把他搭救出来。狗娃家赔了黑蛋一万元医疗费，又给派出所长送了礼，狗娃才被从看守所放出来。狗娃从看守所出来后，对老憨叔恨死了，要是没有老憨叔作证，警察也拘留不了他。狗娃每每语言上辱骂老憨叔，老憨叔觉得理亏，便不敢言语。

通信电缆里有铜丝，把电缆线外边的橡皮烧掉，可卖铜，铜贵着哩，几十元一公斤。自从这个秘密被村民知道后，村里电缆便隔三岔五地被盗割。每割过一次，老憨叔便报告，电信公司便来人维修。村里的电话不再通了，修了村东，隔几天村西又割了。盗贼十分猖獗。老憨叔发誓一定要抓住破坏通信电缆的贼。

老憨叔成了业余侦探。为摸清犯罪分子的作案规律，他更是起早贪黑。这天深夜，狂风怒吼，瓢泼大雨下个不停。老憨叔想，雨夜犯罪分子肯定出来作案，便出门查看线路。果不其然，村西地里，一棵大树倒了，把通信电缆线砸倒，有一个人正在盘剪下的通信电缆。大憨叔大喊一声，那人不但不害怕，反而朝老憨叔打去，又是拳又是脚。天明后，老憨叔被人找到，家人把他送进医院。

有关部门知道老憨叔与犯罪分子搏斗的英勇事迹，一定要采访他，老憨叔拒绝了采访。

因老憨叔拒绝回答警察的询问，案件无法侦破。电信公司愿意负担老憨叔住院期间的所有费用。但是，老憨叔就是不开口。老憨叔住了十几天医院，花去医疗费三千元，便回家了。

老憨叔与电信公司的合同中止了，就没有了那每月的三百元工资。

让老憨叔不能开口的原因，老憨叔对老憨婶说过，说出那个人的姓名，关系到全家人的性命。那份工资不要也罢，老憨叔理解了义务二字的分量，很沉很沉。

皮　三

皮三，因爹娘死得早，到了 26 岁还没有处上对象，成了少有的大龄青年。也有为皮三操心的，女方一见面，看皮三里流里流气，油嘴滑舌的，又没有爹娘，不像过日子的人，便拜拜了。

过年，是农村人的大节。年前年后，亲友相互串门，也是介绍对象的大好时机，因为平时农活忙，年轻人到外地打工，春节人员相对集中，说对象，打个电话就行。正月初六，皮九大爷家有客，是皮九大爷的二女婿劣货来了。劣货会个木匠手艺活，好喝酒。皮九大爷见皮三在门外没事，便请皮三进屋陪客，皮三也认识劣货，便应了，皮三平时饮酒少，半斤酒便脸红了，不像劣货，喝一斤酒还没事。皮三出门外小便，皮九大爷让劣货陪，看看皮三有事没。二人在路边小解，见那边一姑娘骑着自行车过来，劣货说，皮三，你敢不敢对那女的说，你的后轱轮撵不上前轱轮。你要说了，我再喝一杯酒。皮三说，我敢说。劣货说，你不敢说，你喝一茶杯酒。皮三待那女的走近了说，唉，唉，你的后轱轮撵不上前轱轮。那女的瞪了皮三一眼，皮三又重复了一句，女的下了自行车，骂皮三，皮三便上前拦住自行车，撕打中的女的外衣掉了一颗扣子，女的弃车跑了。

皮三还在和劣货喝酒的时候，派出所民警来了，把皮三抓走了，说是寻衅滋事。当天，便送到看守所。每个监号都关有八九个人。皮三一进铁门内，便被几个人拉去过堂。“大哥”说，今天是大年初六，过堂就免了，我先问问再说。“大哥”叫吴保，临县人，抢劫杀人作案八十多起，是公安部督办的案件，必被判死刑。因吴保的经历复杂，号内便尊吴保为“大哥”，连管教民警都对吴保让着三分呢。吴保曾说，我要自杀了，连所长都得要受处分。所以，看守所便把吴保当个宝贝似的，哄着，宠着，只要能安全交付刑场，就是圆满地完成了任务。“大哥”问皮三，叫什么名字，今年多大了，什么文化，干什么的，家住哪里，因为什么进来的。就好像警察问的那一套。皮三听得头皮发软，但还是小心翼翼地答了。吴保便说，大哥今天心情好，免了，一句免了，皮三便免去了皮肉之苦。同监号人点拨皮三说，让家里送点钱，孝敬一下大哥。皮三说，没有兄弟姐妹，他来了，家中便没有人了。吴保听了，说，兄弟，今后你就是我的兄弟，有大哥吃的，就有你吃的。凡号内谁家送来吃的，皮三和大哥一起吃。有的来两年了，还混不到这个分上，大家都很羡慕皮三。

开了春，吴保的案子便判了下来，中级法院一审判处死刑，剥夺政治权利终身。吴保心情很不好，动不动就打人、骂人，皮三是例外。皮三的案子很快，公安局把案件移送检察院，检察院起诉到法院，法院一审判处有期徒刑二年。法院问皮三，上诉不？皮三征求吴保的意见，吴保说，不上诉。有人说皮三太亏，就因为一句话，判二年。吴保说，案子这么快，没有关系能行吗？对方肯定有关系，上诉也白搭，净耽误事，让皮三不明就里。吴保知道上诉也不会改变死刑的命运，连上诉状都没写。省高级法院为吴保指派了律师，律师会见后，吴保回到监号，把其他人撵到凉风场，和皮三作了一次长谈。吴保说，托付你一件事，出去之后，关照一下我的妻子、女儿，她们能好好地活着，俺就闭眼了。皮三说，大哥，你放心，我一定会善待嫂子和侄女的。吴保便把还有两起没有侦破的案件说给皮三听，特地安排，在他被执行死刑后说出来，被认定为有重大立功表现，可以减刑，提前出狱。临执行前，吴保有一次安排见了皮三。皮三说，大哥，你的话俺记下了。第二天，吴保被执行死刑。皮三向管教民警报告了吴保给他讲过的两个案件，线索很快传到省公安厅，又侦破两件特大杀人抢劫案件。看守所受到通报表扬，管教民警立了功，皮三经中级人民法院裁定，减刑一年，提早放了出来。

皮三出来后，果然去看望了吴保的妻子翠花和女儿。经过几个月的交往，皮三终于向吴保的妻子说出了自己的心愿，嫂子，大哥待俺不薄，你就嫁给俺吧，俺一定会好好地待你和闺女的。皮三说得十分恳切，翠花便答应了。因为她和女儿也想早一天走出死刑犯家属的阴影。

翠花带着女儿嫁给了皮三。女儿喊皮三，爹。皮三甜甜地应，哎。好日子其乐融融。村上有人说皮三，这一进看守所，连老婆孩子都有了。皮三说，进看守所可长学问哩！不信，去住几天试试。别人便不再言语了。

女儿每每从学校领回奖状，皮三便把奖状贴到堂屋里，当作全家人的骄傲。皮三得意地对人说，俺闺女学习成绩好，考大学肯定很有希望哩。

窗口

偏西的太阳把阳光灌进朝西的窗口。窗口上几根钢筋无声地道出了窗内人和窗外人的身份。窗口上挂着牌儿——接见室。在看守所，也只有被法院宣判后的在押人员，才能在窗口前同亲人会面。

一双长满老茧的双手伸进窗口，一双年轻的手紧紧地握住。母子间的亲情在双手上传导。老妇人未曾开口已泪流满面：“我的儿呀，你好吗？”

儿子强忍着激动的泪水：“娘呀，别哭，儿不是好好的吗？”

老妇人抽出手，抚摸着儿的头，仔细端详几年不见的儿子，这是我的儿子吗？

儿子似乎猜中娘的心思：“娘，儿子不孝，这几年让你受累了。”

娘问：“儿呀，在监号里吃得饱不？”

儿说：“娘，在里面吃得饱。”

老妇人说：“当初你谈的对象小翠，在你入狱后，也嫁人了。”

儿子说：“我配不上她。”

老妇人从包里掏出一个红绸包的盒，打开，露出一枚闪闪发光的奖章。

儿子伸手去接，老妇人慢慢地包好，流着泪喃喃地叙述着一个悲壮的故事：在你入狱后不久，你哥出差到外地，碰到一伙歹徒手持匕首，抢劫钱财，还侮辱一名姑娘，为了那个姑娘，你哥被歹徒刺中心脏……

“我日他奶奶！”儿子激动了。

"你不学好，偷鸡摸狗，抢人钱财，坐牢活该。早知道，娘生你下来填尿盆里浸死你。"老妇人狠狠地说。

儿子扑通跪下："娘呀，你打吧……"

老妇人颤抖地缩回手："唉，都怨娘，当初没有管教好你，我对不住你早死的爹呀！"

儿子泣不成声："娘呀，我一定好好改造，争取早日出狱，老老实实做个本分人。"

老妇人拉起儿子说："娘等的就是你这句话。真那样娘死也瞑目了。"

"接见时间到。"看守民警喊道。

儿子扑通跪下，咚、咚、咚，朝娘磕了三个响头："娘，多保重。"

老妇人看着民警把儿子押走了。

残阳将余晖洒在接见室的窗口上。

机器人旅馆

中外合资 XY 公司在著名的风景旅游区开了家机器人旅馆。对外宣称，本旅馆使用当今世界高科技最新研究成果以太阳能作能源的有思维的机器人作服务小组。

机器人小姐漂亮、温柔、大方，接待旅客文明有礼貌，让你怎么看，机器人小姐都和活的一样。一进入机器人旅馆，便有机器人小姐帮你提行李，引你到总服务台出示身份证件及登记，然后领你去房间。

尽管机器人旅馆收费昂贵，但慕名而来者络绎不绝。机器人旅馆令 XY 公司大挣了一笔钱。

机器人小姐具有高中文化水平，可以陪客聊天，可以解答客人咨询的一般性问题，遇到无法回答的问题一律“无可奉告”。

机器人小姐使风景区又平添一道风景。给远道而来的客人消除旅途中的疲劳，令一些对机器人小姐有非分之想的遗憾的是这些机器人小姐毕竟是“机器”。一位先生酒后对机器人小姐非礼，只要和机器人一接触，便如触了高压电一样。机器人小姐带电的说法不胫而走。

一日，一位杀人犯逃到旅馆，警方追捕到机器人旅馆，杀人犯劫持一名无辜男孩当人质，自恃有枪，对警方的包围毫不理会。警方意欲租 XY 公司的机器人小姐救出被劫持的小男孩，逮捕杀人犯，遭到 XY 公司的拒绝。

XY 公司的康教授正在进行一项实验，他建议警方让一名“特殊”机器人小姐去制服杀人犯。

经过处理机器人小姐来到杀人犯占据的房间，向杀人犯喊话：“亲爱的兄弟，我是XY公司的机器人小姐，我来劝你，向警方投降吧！”

杀人犯颤抖着举起手枪，说：“别过来，再过来我就开枪了。”

机器人小姐说：“亲爱的兄弟，我是机器人一号，你用枪是打不死我的。”

杀人犯早听说过机器人的事，没想到今天碰上了，完了。面对大义凛然的机器人小姐，杀人犯吓破了胆，扔掉了手枪，一下子瘫坐在地上。

机器人小姐迅速制服了杀人犯。

机器人旅馆的谜终于大白天下，所谓机器人全是大活人装扮的。而机器人小姐一号，则是市公安局刑侦科的孟小姐。

XY公司收起它的把戏，灰溜溜地撤出了风景区。

香妹

一

大刚从刑警队调到小镇任派出所所长，他接到的第一个案件是一起拐卖人口案。

那天下午，天空下着小雨，大刚正在所里值班。突然，门口出现一位端庄秀丽的云南少女，进门就跪下说："警察叔叔，快救我。"

大刚扶起少女，问："有什么事请起来说。"少女说，她叫香妹，今年二十岁，云南哈依族人。十多天前在西双版纳被人骗到河南。后来被带到一个叫什么营的村庄。简单询问后，大刚带着民警及香妹，前往叫什么营的村庄。

其实那个村庄叫卫营，拐骗香妹的叫门板，到门板家时，门板在家寻找香妹。大刚出示证件，请门板到派出所走一趟。

门板家境贫寒，父亲死得早，留下门板娘儿俩相依为命。三十多岁还没娶上媳妇。听人说，把云南大山里的少女骗出来不费劲，他就动心思去了云南景洪，碰上了香妹后，便花言巧语将其骗到卫营，把她卖给邻村的一个老光棍，没想到钱没到手人却跑了。

门板有一个远房舅爷在县城当副县长，平时很少走动，但门板娘找到他时，副县长给大刚所长打电话说，门板是他的亲戚，希望能给照顾照顾。要是犯了法，该咋办咋办。大刚所长为了难，该咋办咋办，这话说得既含蓄又不失威严。大刚所长还是把门板拘留了。

香妹暂住派出所。算一下，到云南景洪车费就要二百多元，所里也没钱，云南方面也没有回信。大刚所长让人腾了房子。夏天，香妹穿着薄薄的衣衫，坚挺饱满的乳房和鼓鼓的臀部显得性感十足。香妹给大刚所长说："给我找个工作吧？"大刚很为难，哪有什么现成的工作等着你做呢？大刚说，你去清香饭店当个服务员吧，那里正缺人。

清香饭店在小镇还算是高档的。饭店内设有客房部、餐厅、舞厅、美容美发室等。老板让香妹为客人美发，香妹的到来，全饭店生意十分火爆。

二

大刚一直等待着云南的补充材料，拟将门板提请检察院批准逮捕。正在翻阅案卷，进来一个人说："报告政府，这是我的释放证明书。"大刚所长接过来一看：石磙，因盗窃被判刑两年。在劳改场表现积极，提前释放。石磙，活像一块真的石磙，身材不高，十分粗壮。大刚上任之前就已知道石磙的一些情况。

大刚和石磙谈了一些琐事，问石磙有什么具体打算，石磙表示一定痛改前非，重新做人。在城镇，没有污点的人找工作还难哩，更何况是从劳改场出来的呢？大刚所长问石磙干些什么事。石磙说，我想弄个人力三轮车，派出所收缴的赃物自行车，卖给我一辆，改装个三轮车。大刚所长想了想，便答应了。

三

舞厅有跳舞的，门外就有推人力车的。石磙规矩多了，有时在舞厅门外等候一二个回家的客人坐车。

一天，舞厅散了，一个潇洒的年轻人领着一个女的坐人力三轮车，那女的不坐，男的硬把她按到三轮车上，说：“快走。”石磙拉着他们走了。

石磙觉得不对劲。那男的手不规矩，摸女的乳房，女的要喊，男的用手捂她的嘴。到偏僻处，男的让女的下车，女的喊道：“拉三轮车的大哥，救救我。”石磙听到这，不禁火往上冒，对那人说：“放开她！”那人甩下两元钱说：“臭拉车的，少管闲事，快滚。”石磙说：“老子管定了。”那人说：“你也不打听打听我是谁，我叫侯八，我爸是副镇长！”石磙说：“你也不知道老子是谁，我叫石磙，刚从监狱出来，你算个球。”

侯八呆了，没想到碰到不要命的打架大王，一溜烟跑了。石磙并没有去追。

“你叫什么？”

“我叫香妹。”

“听口音不像本地人，为什么在这里？”

“我被人骗来，大刚所长让我先在饭店干一段，等有了钱，我就可以回云南，那你叫什么？”

“我叫石磙。”

“石磙哥，你真好。”

石磙把香妹送回饭店。

第二天，侯八到派出所，向大刚揭发香妹与石磙淫乱被他撞见，石磙还打了他，要派出所查处。

大刚所长很生气，心想：香妹太不像话了，石磙呀石磙，你也太不争气了，才出来几天，又胡混开了。

大刚让民警把香妹和石磙传到派出所，经过询问，发现事实和侯八说的大不一样。大刚所长问：“香妹，你敢保证你说的是实话吗？”“大刚哥，你是我的救命恩人，我向你保证我说的句句是实话。”香妹说。

石磙说：“我拿脑袋担保，如有半句假话，枪毙我个龟孙。”

大刚明白怎么回事了，此案暂时搁起。

四

一晃两个月过去了，石磙和香妹恋爱的新闻传遍了小镇。大刚所长也听到一些。他想，门板已被逮捕，该送香妹回家了。

找到香妹是在石磙的小屋里，香妹正在给石磙洗衣服。大刚问：“想家吗？送你回家。”

香妹眼里噙满了泪花：“大刚哥，别送我回去，我没有家，求求你了。”

大刚疑惑了，怪不得她不提回家的事。原来，香妹娘死得早，父亲后娶了个女人。后母对她刻薄，因为五千元彩礼就把她嫁给一个五十多岁的老头，她不从，就跑了出来。

“那你今后怎么办呢？”大刚问。

“我喜欢和石磙哥在一起。”

石磙在门外听得真切，进门给大刚所长跪下说：“所长，就让香妹嫁给我吧！”

一个愿娶，一个愿嫁。大刚所长就成全了这一段姻缘。不久，他们到政府登记结婚了。

香妹成了石磙的媳妇，辞去了服务员的差事，在镇上开理发店。石滚仍拉三轮车，两人收入虽不高，但日子也过得去。

香妹嘴甜，邻居婶子大娘叫得不离嘴，大家都夸她是个贤惠媳妇，说石磙要是再混下去，怕是完了。有个女人，好比拴个笼头，好了。

五

传言，石磙对香妹言听计从，连个不字都不敢说。有一次，大冬天，石磙喝醉了酒，要上床，香妹一脚蹬下去：“给我在院里跑了三圈。”石磙穿着裤头果真在院里跑三圈。有好事者问石磙真假，石磙笑而不答。

有一次，劳改场的一位“朋友”想在小镇上做点“事”，住石磙家，被香妹骂个狗血喷头，灰溜溜地走了。还有一次，石磙的一个拜把子哥们和别人打架吃了亏，请石磙去帮忙打架。香妹知道后，赶到现场，拧着石磙的耳朵回了家。打架的看热闹的也径自散去了。

有人问石磙，你以前和外人凶，现在咋恁怕老婆呢？

石磙不语。

香妹不答。

一年后，大刚所长调离，听说去一个偏远的乡派出所任指导员，职务明显地降了。有人说，大刚得罪了副县长，有人说是得罪了侯八。还有人说，大刚和香妹关系暧昧，犯了作风上的错误。

所有的传闻都没有得到证实。大刚所长服从组织安排，去另一个派出所报到去了。

空信封

王丙跟着村里人到大城市打工，一去就是二三年。

王丙上班的企业是一家工厂，干活并不是很累，每月工资一千六七百元。除去住房、伙食，每月可节省千把元。刚来的那年，王丙在收麦、种麦、过春节的时候或寄或让村邻捎回去一两千元，因为他知道这时候家中需要用钱。

王丙家中有父母，一个儿子一个女儿跟着爷奶生活。王丙的妻子撇下丈夫子女跟着邻村一个人私奔了，几年没有音信。最可怜的是王丙的一双子女，在城里上学，没有感受过父母的关怀，尤其是看到有的学生的父母到学校接，很是羡慕。好在一双儿女学习很是争气，每次考试都是班上前几名。二人得的奖状贴满了堂屋的一个山墙。

王丙自从认识了湖南的一个妹子，便很少往家中捎钱了。王丙与叫朵朵的湖南妹子住在了一起，吃的都是王丙买的，俨然一对夫妻。伙食被朵朵改善得有滋有味，可伙食费每月都提高几百元。原来每月可节省下千把块钱，如今却剩不下三五百元。而朵朵却分文不付伙食费。

有人把王丙的事告诉了王丙的父母，王丙的父母着急了，捎信让王丙与朵朵回来结婚。王丙一跟朵朵提结婚的事，朵朵不干了。朵朵说，她在家里有丈夫有孩子，丈夫得了一种重病，动手术需要十几万元，她要挣够丈夫的手术费。至于和王丙在一起，她是负一个临时妻子的责任。让王丙生活得滋润一些。王丙要是请一个保姆，一个月就要好几百元，保姆能与朵朵比吗？

结婚的事没有谈妥，朵朵仍然与王丙住在一起，每天晚上做好饭，等着王丙回来，尽一个临时妻子的义务。

王丙不给家中钱，父母负担在城里上学的孙子、孙女的学费很是吃力。便给王丙写了一封信，装在信封里，让村人捎给王丙。

王丙收到父母的信后，拆开一看，信封里什么也没有。王丙问捎信的人，信封里怎么没有信？捎信的人说，信是他父母封好交给他的，他看也没看，塞到包里就交给王丙了。

父母让人捎信，怎么一句话不写，让人捎个空信封呢？王丙很是纳闷。

王丙和朵朵分开了。王丙更知道节省了。到年底攒下将近一万元。

临近春节，王丙和村人一起高高兴兴地回了家。

父母看到几年没回家的儿子，一双儿女看到几年没回家的爹。虽然没有妻子，王丙很是高兴。天伦之乐写在一家人的笑脸上。父母和儿子以及老家的屋，那才是自己的根。

让一双儿女考上重点大学，将来有个好的前程。是父母的空信封让王丙想到了许多。

细　节

庄稼活闲了的时候，村子里的年轻人都外出打工，到年底，带着一年打工钱回到家中，给家人一个惊喜。与邻居们相互攀比着谁挣钱多，计划着来年去哪里。而村子里，唯童非没去打工。童非不去打工，说是因身体不好，受不了打工的苦。其实，童非是靠“下夜”过活的。“下夜”是行话，就是夜间去盗窃作案。不然，童非家日子咋过得那么滋润。

小时候娘给童非讲一个故事，说有一个人，小时候偷人家一根针，长大了偷人家的钱，成为一名大盗，被官府绑去砍头时，他说，想最后再吃一次娘的奶。娘应允了，那人一口咬掉了娘的乳房，恨娘小时候不教育他。当童非第一次拿邻居家一毛钱时，童非娘没有勇气让童非承认错误给人家送回去。久而久之，童非便染上了手脚不干净的毛病，靠偷来的东西变卖的钱盖起了房子，还娶了媳妇。

真正长大成人了，童非从村人异样的目光中也看出了那是看不起，也觉得要混出个人样来。童非偷窃，从不在家方圆十里内的村上作案。娘对童非说，只拿钱财，别害人。童非说，孩儿明白。村里谁家有什么事，需要帮忙，童非都尽力去做。童非在村人心中变成了一个好青年。

春上的一天，又一个大案发生了。某村一家被抢劫，家里只有六十多岁的婆婆和三十多岁的媳妇。婆婆被扎死，媳妇遭强奸后被扎成重伤。公安机关在电视上发布公告，要求群众揭发检举犯罪线索。同时，公安机关在全县范围内开展了地毯式的排查，不放过一个嫌疑人。童非娘看了电视通告，心想，莫非是孩子作的孽？

娘以前从不过问儿的事，这回娘发话了。娘问，这个暗自是你作的吗？童非承认了。娘让儿跪下，劈头盖脸地打。娘说，拿人家的东西，千不该万不该伤人家的性命。童非辩解说，是一起去的小王见那家媳妇美貌，便动了淫心，婆婆不从，便杀了婆婆。娘说，你就等好吧。

娘要为童非求一卦。不相信路边瞎子卦摊，便搭车去了城里，来到文化馆门口的电脑算命桌前，进行科学算命，女先生和童非的娘聊了起来。科学算命是要报姓名、性别、年龄的，女先生把童非的名字刚打上，电脑中出现一行字：三十整岁炮打头。童非娘让女先生念，女先生本不想念，旁边的人便念了电脑上的内容。女先生说，电脑这东西也算不准，电脑算命都是哄人玩的，别介意，卦钱就不收了。童非娘坚持留下了五元钱，因为童非刚好三十岁。

女先生拍下了童非娘的照片，回家当故事给丈夫讲了，并让丈夫看了手机上那女的照片。不久，案件告破，童非和同伙均被抓获。童非的媳妇便跑回了娘家。公安机关又连带破了上百起抢劫盗窃案件。童非娘又去城里找电脑算命，这回电脑上又出现四个字：请个律师。女先生给童非娘反复讲了好几遍，童非娘才弄明白。童非娘花钱给童非请了个律师。案件很快判下来了。童非及同伙一审均被判处死刑。童非没有提出上诉。高法复核很快也下来了，维持原判，执行死刑。临执行前，娘见了儿最后一面。娘说，儿，娘给你请了律师。童非说，娘，还记得你给我从小讲的那个故事吗？现在什么都不用说了，你保重。你要可怜孩的话，把孩的骨灰领回家，下辈子我还当你的儿子，不再做违法的事。

年底，局里召开表彰大会，刑侦大队民警小徐因侦破系列抢劫杀人案被上级公安机关荣记个人三等功，小徐的爱人被评为好警嫂，颁发奖金两千元。小徐的爱人就是那位用电脑进行科学算命的女先生。

月 娥

初三毕业后，月娥没有考上高中，便不再上学，而是到村里一家火柴厂里干活。

村里有好多家火柴厂。月娥干活的这家是大胖家的。大胖也是村里的首富，听说有几百万哩。所谓厂，就是院子大了些，盖三层楼房，院里四周用石棉瓦棚的，可在棚里干活，夏天有电扇，也不热。

月娥干的活不累，就是往匣子里装火柴，把火柴棍倒在一个筛子里，筛几下，火柴头就朝上，再把火柴棍取出，放入火柴盒中。火柴是给宾馆和饭店定做的。一般一盒火柴放满装三十根左右，大胖说放十八根就行，反正火柴是一次性的，放满了净浪费了。月娥和其他姐妹一样，没几天工夫，手头也准了，只一把，就是十八根火柴，一根不多，一根不少。月娥一天能装一千盒火柴，装一盒火柴一分钱，月娥干一天能挣到十元钱。一个月便有三百元左右的工资。

女大十八变。十八岁时，月娥便出落成一个漂亮的姑娘了，给月娥提亲的有几家，可是月娥一个也没有看上。

月娥心中有个小秘密，她要自己找对象，找自己可意的才能嫁过去，并攒些钱，多买点嫁妆，不像村里的二花，二花出嫁当天，二花娘还让对方拿五千元钱，不拿不让发车。下聘礼时对方已给了彩礼，时间将近正午时，对方拿来五千元钱，二花才嫁过去了。男方什么时间喝醉了酒，便拿二花发脾气：“你是我花钱买来的。”二花大气也不敢出。月娥坚决不做二花。

月娥嫌火柴盒不满，偷偷写了个字条，她把字条偷偷塞进火柴盒。她心里怦怦地跳，她把自己的命运交给了那个火柴盒。

贵发是南方一家酒店的经理。那天，贵发到豫东某市一个朋友处，朋友便请贵发到一家饭店喝酒，朋友又请了朋友的朋友作陪。上菜前，服务生给每人面前放一盒火柴，让抽烟用。现在城里都不兴一次性打火机了，都改用火柴。有一种返璞归真的感觉。贵发感到火柴很亲切。这家饭店的火柴盒上印着饭店的介绍，要是提前定桌，拨个电话即可。贵发掏出一盒香烟，在桌子上弹了弹，夹在嘴里，拿到放在面前的火柴盒，打开，却发现了一张字条，贵发展开字条，这里一个十分娟秀的字迹，他迅速浏览，又折叠好，放入火柴盒中，他从下面抽出一根火柴，点上烟，把火柴盒放入口袋中。贵发的朋友看到了贵发从火柴盒中掏出字条及把火柴盒装入口袋的细节。一般来说，只在酒席结束后，客人才把桌子上用剩的火柴盒带回，而且许多人并不带。因为这个小小的火柴盒，贵发多喝了几杯。朋友把贵发送到下榻的宾馆，贵发说出了火柴盒的秘密。朋友说，你还想包二奶吗？贵发说，没有那个意思。贵发拨通了妻子的电话，妻子说，把火柴盒带回来再说。

贵发把火柴盒交给了妻子，妻子说，字条上明明写着请伯伯叔叔大娘大婶及大哥大姐不要把字条扔掉，你不会是因为风流债编个故事欺骗俺吧！贵发说，哪能呢？你还不相信我吗！妻子说，那你有什么想法？贵发说了自己的想法。妻子说，咱有这个义务吗？贵发说，就算是月娥的命运吧。

火柴盒的侧面不明显处印有火柴制造商大胖的电话，贵发通过大胖找到月娥。贵发和月娥通了将近一个小时的电话。大胖问谁打的电话。月娥撒谎说是在外地打工的一个同学打的。大胖不信，月娥说，你爱信不信。

月娥给爹娘说，她要到南方某个城市去看看。爹娘不放心，月娥说，我也不小了，不会走丢的。爹娘心疼闺女，千叮咛万嘱咐，告诉月娥，到那看看就回来，千万别上坏人的当，遇到坏人就报警。

月娥按照贵发来的地址，找到了贵发的酒店。月娥不敢进门，保安问她找谁，她说，贵发让她来的。保安说，找经理，你预约了吗？月娥说，没有预约，但是什么时间来，他什么时间见。保安把电话打过去，电话说，让保安把月娥带过去。贵发的妻子接待了月娥，她了解了月娥的一些情况，问月娥愿意在这里工作吗？月娥说，想在这里干。

月娥被安排去一所大学深造商务酒店专业，学费是贵发出的，每年一万多元。另外，每月发一千元的生活费。

月娥学习结束，操一口流利的普通话，月娥被安排到贵发的酒店工作。开始是服务生，由于月娥的出色表现，很快晋升为领班，每月工资两千多元。贵发安排月娥把户口也迁到那个城市，月娥就把户口迁了过去。

月娥升到了一个部门经理。

月娥处了个男朋友，是大学毕业应聘到贵发酒店的大海，贵发和妻子择个良辰吉日，在自己的酒店给月娥和大海举办了婚礼，父母商界名流都来了。

大胖得知月娥结婚的消息，特意赶了过去。婚礼上，月娥讲了火柴盒里面的秘密，大胖才知道贵发给月娥打电话的原因。大胖回村里说了月娥的情况，说月娥是大城市酒店的经理了，每月工资三千多元。村里人不知道经理是什么官职，大胖说，经理就是经理吧，反正他也闹不清。打个比方，董事长是县长，月娥就是个乡长吧，很管事。这样，村里便有十几人投奔了月娥，月娥便都给介绍安排了工作，工资最低的也有一千六百多元。

贵发很忙，在过节的时候，给妻子说，让月娥和大海到家里吃饭吧！月娥和大海便早早地赶过去，有时几个人聊天，有时打会儿扑克，大海也跟着月娥喊贵发大哥，喊贵发的妻子为嫂子。贵发和妻子也把月娥当成了自己的妹妹，把大海当成弟弟。

人不可貌相

偏僻的小庄，无山又无水。

小庄虽偏僻，也出秀才。从村头破旧的教室里就考出了几个大学生。

老木叔家的二蛋就是。

老木叔老实，是村里出了名的，生产队时，队长派老木叔往田里挑大粪，老木叔二话没有。开会时有人拿老木叔寻开心，老木叔一笑了之。

老木叔家的二蛋却精灵些，被队长家的千金白雪看上了，白雪初中毕业，被安排到村小学当民办教师。白雪娘看出闺女的心思，跟白雪爹说，托人保个媒，行不？队长一瞪眼，就他那家，配和咱做亲家？做梦！白雪在父母的包办下，嫁给了村里的木匠更，婚后，白雪生了儿子，过着平平淡淡的日子。

老木叔家境贫寒，全部家当是三间旧屋。分了地后，加上老木婶常年有病，责任田里打的粮食仅够口粮。二蛋小子争气，在班里成绩名列前茅，学校破例减免了他的学费。二蛋穿着脏兮兮的破袄，居然考上了重点高中。高中毕业，他考取了一所政法大学，毕业后回县当了一名法官。

从此，队长也爱与以前他不屑一顾的老木叔搭讪，后悔当初没有把白雪嫁给二蛋。村里谁到县上有什么事，找到当法官的二蛋，二蛋总是竭尽全力帮助，受助人回村都夸二蛋懂人情。

人有旦夕祸福。白雪的丈夫觉得身体不适。到医院一检查，是什么癌。白雪卖掉家中所有值钱的东西，给丈夫治病，三五百元到医院就花光了。白雪到县城找到法官二蛋，说借些钱给更治病。二蛋拿出积攒的准备结婚的八百元钱给白雪。二蛋对象知道后，便和二蛋“拜拜”了。更躺在病床上一年多，花了不少钱，也没有保住性命，撇下白雪母子“走”了。

好事多磨。二蛋将近三十岁才说上媳妇。媳妇是副县长的女儿，在县委宣传部当干事。知道二蛋家境不好，副县长连女儿结婚的房子都陪送了。结婚那天，队长、白雪及村人都去贺喜。宴席安排在饭店里，乡下人见到比过年还丰盛的酒席。老木叔不善辞令，机械地听人安排，握手，敬酒。老木叔、二蛋都给队长敬酒，自信酒量过人的队长，不知怎么喝醉了。醉了便说：“二蛋这娃有出息，怪我瞎眼，早看出来，我将闺女许给娃了。”

众人哄笑。二蛋当干事的媳妇吃醋了。让二蛋老实交代底细。二蛋自然无从交代。

隔日，二蛋媳妇找到白雪。两个女人敞开心扉长谈。白雪说：“要不是爹阻拦，我早是二蛋哥的人了。二蛋哥是好人。”二蛋媳妇说：“要不是你爹阻拦，二蛋会是我的人吗?”

老木叔纳闷，队长啥时候看得起过我，还要做亲家？怎么没听到口信?

回到乡下，队长常请老木叔喝酒。从不喝酒的老木叔慢慢也能端起酒杯。队长常常感叹：“人啊，不可貌相!”

五　爷

洪生的爹得了不治之症，不久便医治无效死去。

洪生原来在县上当局长，爹的丧事应该比普通百姓的丧事隆重些。

其实不然，洪生已从局长的位置上退下来，即使洪生当局长的时候，村里也没有人敬佩洪生。像洪生在县上当国家干部的村上有几位，但都不像洪生。每次洪生回村看爹娘，坐着小汽车一溜烟开到家门口，卸下车屁股后的大包小包，钻进小汽车就走。村里都说，洪生当官了，架子大。

五爷是村里红白事的“总管”，他的话在村里很有分量。商量洪生爹丧事的时候，五爷没有到场，村里也没有几个人出面。有人指点洪生说，办丧事少不了五爷。洪生给五爷磕了头，五爷才到场。

五爷最看不惯的是洪生这号人。那年，五爷的儿子中专毕业，分配时想让洪生帮忙分在县里的机关。洪生打着官腔说，到基层锻炼去。其实，是五爷没给洪生送礼。五爷的儿子分配到乡兽医院，五爷气得直骂娘。几年后，五爷的儿子调到县里当秘书，五爷教育儿子，不准坐小汽车回家，骑自行车到村口，下车推着走，见了长辈平辈都要打招呼，要递香烟。五爷的儿子每年春节回来给五爷拜年，都带回整箱十几元一瓶的好酒，把村里二愣等人灌得晕乎乎的。村里人说，五爷的儿子懂事。村里谁家有事到城里，都在五爷的儿子家吃饭。

在丧事准备过程中洪生问五爷，看咋埋俺爹？五爷说，该咋埋就咋埋，脸上不悦，像下了一层霜。

抬棺木的人少。任凭怎么叫，二愣就是不去。二愣说，那年他领着媳妇到城里看病，晌午头到了洪生家，洪生的媳妇没有做饭。还说，他当他的官，俺当俺的农民。俺求不着他，不去。五爷找到二愣，问，去抬不？二愣说，不抬。五爷说，你娘老了呢？二愣说，有人抬。五爷说，我不去呢？二愣狠狠地摔了烟屁股，硬着头皮说，俺抬！洪生给二愣磕了头，二愣慢慢地搀扶起洪生。洪生他爹的棺木被村人顺利地抬到墓地下葬。

事后，仍有人说五爷，不该去给洪生家管事。

孝 心

月亮伯是患癌症死的，这是我在月亮伯死后才知道的。

月亮伯在世时，人缘好，爱热闹。镇长聘他当民调主任，谁家婆媳生气了，邻里有纠纷了，只要月亮伯一到，三言两语便把人哄笑，大事化小，小事化了。红白喜事大家都请月亮伯当“总管”（乡下人对总管事的称呼)，红白事多少人应付，行什么礼节，办多少桌酒席，月亮伯心里亮堂着哩。

有一天，月亮伯感到腹部疼痛，他那时还开玩笑说，“老肚”怎么和我闹意见呢！就向镇长请了假，去医院检查，医生对洪哥说是什么癌(洪哥是月亮伯的儿子)，洪哥不信，便带着月亮伯去省城医院检查。

月亮伯从省城医院回来时，我们几个人去看他。月亮伯躺在床上，硬撑着要坐起来。镇长忙安慰他躺下休息。有人问，月亮伯到底检查出了什么病？洪哥便拿出了省医院的片子和诊断书说，没什么大病，年岁大了，高血压什么的，连月亮伯自己也说，我怎么会得癌症呢？

月亮伯请了假就再也没有去上班。洪哥领着他到医院检查拿药，花去几年的积蓄，又借了好多钱。月亮伯的二儿媳妇快人快语，她常对人说，没什么病咋会花那么多钱呢？洪哥也不和他理论。

镇上一家娶亲，请月亮伯做“总管”。月亮婶不让。月亮伯试着走几步，说，我身体硬朗着哩。好久没有管事了，开开心去。洪哥也说，高兴高兴吧。月亮伯一到，喜事的热闹气氛自然高涨了许多。

在喜事上撑了两天，月亮伯回家便躺在床上下不了床。没多久，便听说月亮伯去世了。我们去吊孝时，洪哥哭着说，爹走时很安详。

丧事过后，我问洪哥，月亮伯到底得的什么病？洪哥说，是肝癌晚期。每一次检查，也都安排医生，别告诉爹实情。这样，便有了两套诊断结果。连他娘都瞒着哩。只有他兄弟俩知道内情。最后一次给人家当“总管”这事，只要他老人家高兴，也不好硬拦。

月亮伯走了，洪哥给了他一生最后的快乐。也许，这便是洪哥的一片孝心吧，我想。

小姐胸前那朵火花

我在小镇工作时，一天，大学同窗来，我们去一酒店小坐。

刚点过菜，一位胸挂牌牌的白酒推销员不失时机地过来说：“先生，请品尝XX酒。”她向我们介绍了XX酒的生产历史，酒的特点。我们要了二斤XX酒。

学兄毕业后分配到县上上班。因升迁一事，不满领导的做法，愤然辞职。近日，又因生意场上的事，心情烦闷到极点。我自毕业后，连续跑几个单位，没有发财，也没有捞上一官半职，安慰别人自然没有资格。况且，语言是苍白的。畅谈别后的思念之情，沟通唯有酒。没有多大工夫，二斤酒见了底。我又要了第三斤酒。

已经到晚上九点多钟，食客们大多陆续走了。卖酒小姐劝我们别喝了，回家吧。朋友问，卖一瓶酒提成多少？小姐说，每瓶提成二元钱。朋友说，我们喝得越多，你不提成越多吗？小姐说，她不忍看着我们喝坏了身体。我对她说，坐下聊聊吧。

我看了看她胸前的牌牌，这是一张普通的纸片。姓名，郑XX，编号，照片。封塑后挂在她的胸前。郑小姐家是本市人，父母是农民，含辛茹苦，供她上大学。她学的是经济贸易专业，毕业后没有找到工作，便应聘当了推销员。她向每位顾客推销酒水，也向每一位顾客推销微笑。赔不尽的笑脸，说不完的好话。大部分顾客理解他们的辛苦，但也难免碰到纠缠的无赖。有一次，街上叫“痞三”的缠上了郑小姐，让郑小姐陪酒，还要郑小姐陪睡觉。郑小姐一耳光打在痞三的脸上。痞三说，你敢打我？郑小姐说，我就打你了！痞三把饭店砸了，饭店老板吓坏了。郑小姐到派出所把痞三告了。派出所拘留了痞三，痞三出来后找到郑小姐道歉，并赔了饭店的损失。从此再没有人闹事。

第三斤酒没了，我和学兄已醉眼朦胧。郑小姐把我们送出来，我和学兄搀扶着回到宿舍。

认识了郑小姐，再去饭店我少不了点酒，目的是想帮帮郑小姐。再后来，我调离了工作几年的小镇，回到了城里，郑小姐的形象也淡忘了。几年后，学兄自己开办了公司，做生意发了。学兄邀我喝酒，谈到他的成功，学兄谈了那次我们在小镇上见到的郑小姐，是郑小姐不屈服命运的精神鼓舞了他，所以他才有今天的成功。

我没有再见到郑小姐，但我佩服她。她用一双勤劳的手，拓展自己生存的空间。学兄的成功也给了我启迪，我忘不了的是郑小姐胸前的那个牌牌。想起来，像一团火，燃烧着希望。

果果和可可

果果当上村主任，是支部书记可可举荐的。

果果是蔬菜专业户，种几亩塑料大棚，每年的收入可观。乡上的领导时常到果果的塑料大棚看看，说是检查指导工作。每次都有可可作陪。乡领导看中果果是个干部苗子，可可发觉了，及时向领导推荐，果果就当上了村主任。

果果的照片被放到乡政府的橱窗内，照片下边还有几行字，十分惹人注意。果果成了带领群众奔小康的典型。

果果当上了村干部，乡里的领导再来检查工作就不找可可作陪，直接到果果的塑料大棚里。该吃晌午饭了，果果便让妻子擀面条。乡上的领导夸果果女人擀的面条好吃，比喝一肚子酒精强。

果果像一个小学生一样，时常到可可那里汇报工作。可可是干了十几年的老书记了。果果十分尊敬可可，可可却对果果有一股子火。

果果指导乡亲建起了十几个大棚，乡里领导安排通讯员写篇稿子。那位通讯员写果果带领乡亲们奔小康，稿子在市报上发表了。可可心里十分不高兴。可可找到果果说，支部是基层组织的战斗堡垒，带领群众致富是支部的功劳，哪能落到你一个人头上？果果说，他确实不知道咋回事，也不知道通讯员写稿发表的事。他说，要不，咱请通讯员再给咱村写一篇，专写咱支部的。可可鼻子里哼了一声，不知是满意还是不满意。

果果请乡通讯员下了馆子，又弄了盒帝豪烟，乡上的通讯员才答应给再写一篇。乡上通讯员采访可可的时候，可可说，俺村还没有真正地脱贫致富，等真正地脱贫致富，再写也不迟。乡通讯员一气之下走了。

村里被乡上评为科技示范村，要求村里建立文化室。郭乡长安排果果一定要办好，乡上准备在村里现场会。

果果领了任务，向可可汇报。可可说，弄那啥球用？还不如歇一会儿自在。果果说，这可是郭乡长交的差呀！可可说，没钱，啥也不办。果果说，要不，我把俺家两间西屋腾出来做村文化室，行不？可可说，想咋捣弄咋捣弄，只要别花村里的钱。

果果腾出了自家两间西屋，添置了二三十个小板凳，把自己的书、杂志、报纸摆出来。郭乡长果真领着各村干部来检查了。郭乡长夸果果是开拓型的、具有经济头脑，是跨世纪的新型农民，农村带领群众奔小康的典范。可可听了，脸上红一阵白一阵。

支部会上，可可时不时要批评几句，个别党员不讲原则，爱出风头，不顾大局，应该讲团结啊！果果明知道是批评自己的，也没有反驳。

可可找到乡党委书记，告了果果一状，建议乡里撤了果果的职。书记说，果果是经村民大会选出来的，咋能说撤就撤呢？可可说，要不，我辞职。书记说，要不干还得开会研究一下，咋能撂挑子哩。可可真的写了辞职报告。可可想，就凭逢年过节给乡书记送礼的分上，还不会批准他辞职。可是乡里经过研究，真的批准了他的辞职请求，他的正村级待遇不变。果果被任命为村支部书记。

可可下台了，便整天闭门不出。有一天，觉得身体不适，到医院检查，说是胃癌。住院期间，果果多次去医院看望可可。没几个月，可可病逝了。临终前，可可想让家人把自己的骨灰埋在村南那块坡地上，果果没有答应。在可可的吊唁仪式上，果果代表支部、村委会送了花圈，果果对可可的一生给予了高度的评价。可可家人十分感动。

果果的娃参加了高考，一下子被录取了。果果请老少爷们吃酒，在村里放了三天电影，村人说，果果的娃毕业了可不得了，至少得弄个县长、县委书记当当。

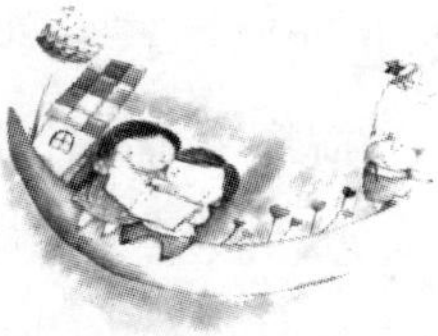

麦屯的故事

麦屯的爹死了，六十多岁。

麦屯的爹是因病死的，死于癌症。

麦屯的爹就麦屯一个儿子。麦屯娇生惯养，小时候便养成了偷鸡摸狗的坏毛病。村里谁家的狗没了，八成是麦屯打死剥吃了。谁家的鸡没了，肯定是麦屯煮着吃了。麦屯结婚后，把爹娘撵出了家。有人骂谁偷了自己家的鸡，麦屯跟着骂。问麦屯骂啥哩？麦屯说骂谁吃你家的鸡，骂者也不骂了。爹娘在村头盖了间小屋，麦屯在村人眼里很不光彩。

麦屯给族人磕头，请人帮助办丧事。碍于面子，大爷大娘叔伯婶子嫂子都来了。便有人出主意说，麦屯你爹生前爱欢乐，得给你爹请班响器。麦屯说请。又有人说，麦屯你爹就你一个儿子，哭的人少，不如请个哭灵的人，显得你孝顺。这话正说到麦屯心坎上。麦屯想，自己平时在村人面前名声不好，不如趁这个机会显摆显摆，便请个哭灵的。哭灵的叫二梅，原是县剧团的演员，因剧团解散，便做起了哭灵的营生。二梅要价二百元，麦屯对管事的说，给二百块钱。有人嚷，活着不孝死了哭，算孝顺吗？把亲爹亲娘撵到村头，算哪门子孝顺？关于麦屯的事，二梅断断续续知道了一些。

村里有个习惯，人死三天后才埋葬。如今，实行殡葬改革，要求一律火化。人们便将麦屯爹火化后，装在骨灰盒里。第二日开始设礼桌，接待前来吊唁的人。晚上响器开吹，俗称“开门”，要放鞭炮，烧纸，行礼。所谓“行礼”是对亡人一种祭奠仪式，死了爹娘要二十四拜，一般亲朋好友也要“三拜九叩”。唢呐一响，村里人便来看热闹了。麦屯第一次行礼，村人免不了要出麦屯的洋相。明明礼数是对的，村人偏偏喊错了，好在事前管事的曾告诉麦屯，不管别人怎么起哄，你只管行你的礼。

行礼仪式完毕，该二梅上场了，麦屯早把二百元钱托管事的奉上。据管事的说，二梅可是个哭灵高手哩！二梅穿着孝衣，跪在地上，先来个开场白：“各位爷爷、奶奶、大伯、大娘、叔叔、婶婶、哥哥、嫂嫂，各位乡邻，今天，我以一个女儿的身份，来拜祭这位逝去的老爹爹。不孝女儿来晚了——”说着双手拍地：“爹爹呀，我的亲爹呀……”哭灵便开始了，悲哀的气氛与先前麦屯行礼的气氛截然不同，一下子把人们带入一个悲哀的氛围。

二梅哭道：“爹爹呀，我的亲爹呀，你咋死去这么早呀！你把孩儿抚养大，还没有来得及享福便走了，你太委屈了。爹爹呀，你平日受苦受累都是为了自己的儿女呀，不舍得吃，不舍得穿，为的是让孩儿过上好日子呀。爹爹呀，原谅不孝的女儿吧，病中没有喂您一口水，没有递过一次药，没有侍候过您一天，是女儿的错呀。爹爹呀，都怪女儿没本事，让你和娘住村头。夏天忍受蚊虫的叮咬，冬天四面透风。从今往后，再不让娘受苦受累，不让人耻笑孩儿。爹爹呀，你放心地走吧……”

二梅的哭声响彻村子，开始有唢呐凑着，麦屯的家人附和着哭。后来，唢响停了，麦屯的家人也不哭了，听二梅一个人哭。二梅仿佛就是麦屯的亲姐姐。麦屯的娘心里想，要是有这么个闺女多好！麦屯想，都怪自己平日太宠惯老婆了，不该把爹娘撵到村头。尤其是麦屯的老婆想，这二梅咋哭的像在数落自己呀。俺也有爹娘，娘家弟媳也把爹娘撵到村头，每次回娘家，心里总不是滋味。

夜已经很深了，人们沉浸在二梅悲哀的哭泣中。二梅哭了两个多小时。最后，二梅说，女儿祝爹爹一路走好。在此谢谢各位乡邻，如有做得不妥的地方，请多多原谅。

麦屯两口子要拜二梅做干姐姐。二梅说，拜什么拜，只要今后对娘好就行了。

埋葬了爹，麦屯把村外的小屋拆了，把娘接回家。麦屯的老婆把饭做好，一日三餐端给娘。麦屯外出打工，一个月挣一千多元。麦屯老婆给娘买新衣服，娘不要，说，把钱留着，将来给俺孙子上大学用哩。

自爹死后，麦屯两口子对娘像换了个人似的。村里人原想着在麦屯爹死时，找个哭灵的，出出麦屯的洋相。麦屯两口子能变好，实在出乎村人当初的意料。

大厨长

村里有两班厨师，一班是闹闹领的，另一班是黑孩领的。

在农村，最能代表厨师手艺的便是宴席上的杂烩菜。都是炸豆腐、粉条、海带、青菜等烩成，闹闹做得精细，黑孩做的味道比闹闹做得好吃。黑孩做的其他菜比不上闹闹，所以闹闹和黑孩做的各有千秋，但两班厨师把村里划分成两大阵营，一般村西谁家有红白事请闹闹领厨，村东谁家有红白事请黑孩领厨，但偶有村东谁家也能请到闹闹。因闹闹的名气大些，邻村也时常请闹闹去做菜。

乡间人们对厨师是比较尊敬的，一般在开席中间，主家要给厨师加封子礼，有时是二十元，有时是五十元，加上两条香烟，几条毛巾，一般有几个厨师便奉上几条毛巾。闹闹在本村做菜，常常把毛巾及香烟接了，封子里的钱不论多少，一概不接。闹闹还说句：“都是爷们，封子不收了。”显得主人很有面子。但到外村做菜，一概全收。事毕，主家要给厨师付工钱，一般是一桌五元，有四十余桌就是二百元，碰到大户人家，要做一百多桌哩，工钱自然多些。闹闹把钱和烟给徒弟们分了，谁也不多，谁也不少。一般，主家还要在厨师们走时，让带回点东西，就是一块肉及几斤果点。一块肉有十来斤，是厨师们给自己预留下的，主家也都明白。闹闹每月都要给人家做菜十多次，有时还要提前预约。如果不预约，闹闹应了人家却不好说。

闹闹和黑孩便成了打仗中的两军对峙人物，谁也不服谁。闹闹结婚，闹闹的徒弟做菜，黑孩的二叔死了，黑孩从邻村请了厨长。

这天，闹闹的娘死了，闹闹很伤心。闹闹的娘年岁大了，闹闹给人家做菜，不断往家里拿肉，闹闹娘吃得很好，村人都羡慕闹闹娘有福。如今闹闹娘去世了，村里大多数人家都去吊孝，烧纸钱，送份子礼。虽说娘死了，但招待来人吃饭还是一件大事。谁来做？自家人肯定是不行的，因为只有哭丧的分，哪能还去做菜呢？闹闹做出一个令很多人都想不到的举动，请黑孩！闹闹让娃穿上孝衣去黑孩家。闹闹娃来到黑孩家，跪下说："黑孩叔，俺奶去世了，俺爹请您去俺家做菜哩。"黑孩把娃扶起，让娃先回。黑孩很是感动，立马招呼徒弟们，带了炊具到闹闹家，闹闹跪迎黑孩师徒。买多少菜、什么菜都安排好了，已让人去买。黑孩的任务就是把菜做好。黑孩师徒们干得很卖力，让人们吃得很高兴，连闹闹也觉得黑孩做得菜不比自己差。黑孩给上了五十元份子礼。事毕，闹闹给黑孩工钱，黑孩不要，让他们带回点肉，黑孩不带。最后黑孩说，把吃剩下的杂烩菜给我娘盛一碗，因为娘最爱吃他做的杂烩菜。

闹闹葬了娘，便请黑孩到家中。闹闹说，咱两班合成一班，行不？黑孩也有此意，只是不敢想。有时接了人家的活，而徒弟又有事情，比如那次狗旦的媳妇生病住院，狗旦走不开，黑孩领着两个徒弟应了六十桌，很吃紧。黑孩说，行。你是大哥，你说了算。

从此，闹闹和黑孩两班厨师便合成一班，由闹闹统一安排。自然，谁跟着去做菜了谁就分钱，谁不去自然便不分了。闹闹的徒弟栓柱早想离开师傅，只是开不了口，如今人多了，他一提出来，师傅便答应了。栓柱去了深圳一家企业，在食堂当炊事员，一个月工资两千多元。狗旦去了镇上饭店掌勺，拿了份固定工资，每月工资一千多元。狗旦的媳妇喜欢得合不拢嘴。

过年，栓柱和狗旦给师傅拜年，栓柱把深圳吹得像天堂似的。闹闹看到徒弟给自己挣了脸面，感到很满意。闹闹徒弟三毛心里早想出去，便趁机向师傅提出来，想到县城表哥干的饭馆打工，闹闹很痛快地答应了。

黑孩跟闹闹说，大哥，咱还收徒弟不？闹闹说，收。咱就算个培训学校，不收学费。

每每在谁家做菜，人们便自然问起闹闹和黑孩的徒弟，闹闹和黑孩都自豪地说，娃们挣大钱去了。

刘成的故事

刘成也算是村里的名流人物。

村里有不合理的事，都是刘成领着大伙和村干部闹。提起刘成，村干部恨得牙根痒痒的。

这天，刘成突然被公安拘留了，说是因为盗窃。

刘成的女人忙碌了一个星期，也没打听出因为啥盗窃的。

刘成自己也纳闷，怎么就平白无故地被拘留呢?

刘成最近准备和人谈一批生意，为了业务上的方便，买了个手机。有人说，穿皮衣，拿手机，最低是个副科级。刘成特地做了头发，自制了名片：

厂供销科长。那天，刘成在路边摆弄手机的时候，被邻村叫四清的见了。四清问，刘成哥，新买的手机？刘成自豪地说，新买的，一千多块呢！四清掏出自己的只有火柴盒大小的手机，对刘成说，咱这是外国进口的，三四千块呢！四清问了刘成的号，说，刘成哥，会发短信息吗?刘成说，不会。四清说，给你发几条“爱情语录”，回家和嫂子品味去吧！刘成的手机不能输入汉字，刘成对四清的手机爱不释手，四清看出了门道说，想玩，拿去。刘成说，咱俩换换行不？四清说行。四清又教刘成如何输入信息及手机功能开发，刘成真是大开了眼界。

电话铃响了，刘成拿起电话，好温柔的声音，刘成听得心里痒痒的。那女人问，你的声音好熟呀，你是谁？刘成说，我是刘成呀。女的问，你在哪里？刘成说，我就在城里呀。女的把电话挂了。

刘成被公安带走了。公安问手机的事，刘成说是自己买的。经公安人员反复教育，刘成承认手机不是自己的。刘成被刑事拘留了。

刘成稀里糊涂地坐了一回牢，也算明白了怎么回事。四清盗窃了一个女的手机，刘成自己找四清换的手机，现在手机在自己手上，对方有购买发票，有缴话费单，自己不是贼是什么。还是检察官出面做刘成的工作，刘成，认了吧，还能落个认罪态度好。刘成想了想，反正自己说不清了，认了。法庭上，刘成对盗窃一事供认不讳。法官认为，刘成认罪态度较好，从轻处罚，判处有期徒刑六个月。

六个月时间，很快到了，刘成被释放了。

刘成没有盗窃手机，虽然牢也坐了，他没有把自己当成一个犯了罪的人。出来后，在村里放了几天电影。

四清听说刘成替自己坐了牢，特地给刘成备了席，请刘成喝酒。四清送给刘成五千元钱。喝醉了，刘成一摆手，哥们，一分钱也不要。

故事本该结束了，可偏不。不久，四清的同伙被抓，为了立功，主动揭发出四清盗窃一部手机并换给刘成的事，连手机号都不差。警察慌了，刘成的案子怕是办错了，办错案是要受处分的，就请刘成喝酒。喝了酒，刘成应承下来。四清同伙的案子到了检察院，起诉科的检察官看了，吓出一身冷汗，刘成不承认盗窃手机的事，还是自己动员让刘成承认落个认罪态度好的呢！办错案同样要丢饭碗的。便宴请刘成，让刘成为了哥们，就当一回贼，承认自己偷了手机，而不是换的。喝醉了，刘成很坦率，哥们没事。连检察官送他的几百元一件的衬衣也没要。

刘成的名气很快便在圈子里传开了。提起刘成，没有人不佩服的。一家中外合资公司的外国老总需要一个替身。在自己不方便出面的时候，出来应酬一下，月薪五千元，公安推荐了刘成，检察官也推荐了刘成。老总纳闷，咋推荐同一个人？公安、检察官说，刘成这人实在，让他替你死，眼都不眨。

月薪五千元，刘成也心满意足了。再不用东奔西跑地挣钱了，给个县长也不换。

三剑客

三剑客不是武侠人物，而是小镇上的三个个体老板。

不知哪天，三人在一起喝酒，有人提议，拜把子吧？就得到另两人的一致同意。三人的酒量都在一斤以上。所以有谁家需要陪客，便请三人作陪，常常将客人喝得人仰马翻。三人有个口头禅：“胶鞋雨伞自备，喝死喝伤与主家无关。”要找三人，只要找到其中一个，另两个必在场。小镇上都以请到三人陪客感到脸面上有光彩，毕竟三人是镇上的面子人物。久而久之，人们便送三人雅号“三剑客”。

老大经营烟酒，代销多家名烟名酒。老二干饭店，老三开宾馆。老大、老三有客人需要招待，就到老二饭店里。老大、老二有客人需要住宿，就到老三宾馆里。老二、老三用烟酒就到老大的公司买。有时并不付现金，而是一个月一结账。借着改革开放的东风，三人的企业蓬勃发展，都积下了不菲的家业。有人说，三人都有几百万的资产。因缴税多，三剑客年年被评为小镇上的纳税功臣，镇政府给每家都奖励大彩电，并送去奖匾。唢呐吹吹打打，很是热闹。

不承想这种和谐的氛围中却出现了令人尴尬的局面。

很少有人能见到三人在一起的场面了。

老二、老三不再用老大公司的烟酒了，老大、老三的客人不再到老二的饭店吃饭了，老大、老二的客人需要住宿也不到老三的宾馆了。三人的企业都出现不景气的状况。年底，三人都没有完成年初的税收任务。

这一下，镇长慌了，找三人了解情况，三人都说，企业不景气是市场规律，大环境造成的，谁也没办法。

三剑客企业遭到前所未有的疲软，这引起了曾给三个企业写过报道的一位记者的注意。记者经过深入采访，终于找到了问题的症结。原来，老二饭店进行改革，新招聘一名副总经理，副总经理嫌三剑客老大公司的烟酒贵，就从其他渠道进货，老大的烟酒滞销，客人也少了，就不再到老二饭店吃饭了，自然三剑客老三的宾馆生意也萧条了。三剑客之间很少来往，对这一切自然蒙在鼓里。记者与三剑客沟通，三剑客都说没兴趣。

记者与镇派出所所长是同学。记者说了三剑客的情况，主要就是三个人坐不到一块。所长说，有办法。如此这般一番，记者便去操作了。

三剑客的媳妇因赌博被传唤到派出所，三剑客都与所长熟，以为交了罚款就放人。所长说，查赌是市局治安大队布置的专项行动，必须行政拘留。三剑客老大、老二、老三都到派出所找所长，说千万不能拘留。记者说请所长吃顿饭，就别裁决拘留了。所长说，他没有见过三剑客喝酒的风采，要一起请他吃饭，就不再裁决拘留了。三剑客老大、老二、老三便勉强同意一起请所长喝酒。喝酒前，记者说，我给大家讲个一元钱的故事。有甲乙丙三人，甲是理发匠，乙是搓背的，丙是卖烧饼的。甲现在有一元钱，甲花一元钱请乙搓背，乙得了一元钱到丙处买了烧饼充饥，丙得了一元钱到甲处理发，一元钱又回到甲手中，而三人都用一元钱得到了享受。如果甲不花一元钱请乙搓背，乙无钱买丙的烧饼，丙也没钱找甲理发。三剑客老大说，记者的这个故事很有哲理，我明白了所长让我们一起请吃饭的目的。来，老二、老三干杯。老二、老三端起酒碗，三人一气喝干。三剑客每人都喝了一斤，而所长不常喝酒，每次陪一小杯，便喝醉了。

让三剑客的女人们在一起打麻将，派民警去抓赌，声称要拘留三个女人，目的就是让三剑客坐到一起沟通。三剑客老二解聘了那个副总经理。

三剑客老大的烟酒生意又兴隆了，老二的饭店人来人往，老三的宾馆天天住满人。

小镇上人们又经常见到三剑客在一起的场景了。

瞎话篓子

二更是村里童年小伙伴中的领军人物。夜晚捉迷藏，二更是“大官”，大家都跟着他跑。有一次二更翻墙头跳进人家粪池里，后边的问，二更哥能跳吗？二更说，能。墙头上的人跳下后才知道上了二更哥的当。那人问二更，你知道是粪池为什么还让俺跳？二更说，就因为我跳到粪池里了，不让你们也跳到粪池里，我心里能乐吗？久而久之，大家都知道二更的话不能信，二更说的话有三分之一是真的就不错了。便有人送二更个绰号“瞎话篓子”，乡下人指说谎话特别多的人。二更也不生气，依然脸不变色、气不喘地说着他的瞎话。

二更结婚了。有人说，二更是编瞎话骗来的老婆。二更说，骗来的怎么啦？骗来就是俺的老婆，骗也是一种本事，有本事你也去骗几个回来！那人哑了。人们传说，二更相亲的时候，女方问他家里有几亩地，二更说二十多没（亩）地。女方家一口人一亩多地，每家也就五六亩地，最多也不到十亩。能有二十几亩地，家境肯定不错！女方问，嫁过去住哪，有房吗？二更说，有。想住南楼住南楼，想住北楼住北楼，南楼北楼你都不住，那就住西楼。那年代都是土坯房子，能有个瓦房就不错了，更何况是楼呢？等二更媳妇嫁过来后，大呼上当，可生米已做成熟饭，想后悔也来不及了。媳妇问二更，你家的二十多亩地呢？二更说，俺是说俺二十多年了没有种过地。媳妇问，你家的楼呢？二更说，俺村名就叫南楼，不是楼吗？其实，南楼、北楼、西楼都是村名，三个村子厮连在一起，和一个村子差不多。媳妇想，就嫁鸡随鸡，嫁狗随狗吧！

做庄稼活二更的确不是一把好手。二更自封为服装厂的厂长，拎着个提包出发了，提包里装着合同书和印章，到外地机关、学校、医院与人家谈加工服装生意。一双能说会道的嘴给他帮了大忙，二更谈生意很顺利，订好合同就回家找人加工，加工后给人家用包裹邮过去，有时直接送过去。没几年，二更发财了。有人讨教秘诀，二更便编出一套话，进了人家机关单位，找到负责人，说俺是从灾区来的，家乡遭了大灾，政府让搞生产自救，恳求贵单位献爱心，表示对灾区人民的支持。有几人靠二更的这套话推销墨水、辣椒面，倒也挣了钱，盖了新房。

逢年过节便有人邀去家里喝酒。喝酒时，有人让二更讲讲在外边的见闻。二更便讲，城里的浴池里，男女可以同浴，只要付钱，女方给搓背。搓背的妞脱得赤裸裸的，你想怎么着就怎么着。还有在练歌房，有小姐陪着，一起喝酒唱歌，唱着唱着便抱在一起，有时就在包间里发生了性关系。住在宾馆，一夜能接十几个电话，总有娇滴滴的声音问："先生，需要按摩服务吗?"村里便有人跃跃欲试，有人还真的在浴池请了小姐陪浴，一次要花掉一亩地的麦子。村里一个人总想去城里体验一下，死缠烂磨妻子同意了，便兴冲冲地揣五百元进了城。在宾馆，和小姐发生关系时，被警察抓个正着。那人把电话打到家里，让媳妇送三千元罚款。媳妇骂，你个没良心的，你说就尝五百块钱的，咋让给罚几千呢?媳妇还是借了钱去城里交了罚款，那人才给放出来。这事被传成笑话。还有人和小姐发生关系后，一来二去产生了感情，便舍不下，就城里一个乡下一个拉扯着。

几个妇女串通一起，到二更家兴师问罪，声讨二更瞎话篓子把她们男人坑了。二更媳妇说，你们还有脸说，俺男人除了俺，没有睡过任何女人。有人问，那二更讲的在城里女人给他陪浴在宾馆里睡女人是怎么回事?二更说是自己听城里人讲后，编出来逗老少爷们乐的，没想到有人当了真。二更媳妇说，俺男人有名的瞎话篓子，他的话咋能信呢？可是，二更讲得绘声绘色，不由人不信呀。

又几年，二更的儿子考上了省里一所大学，村里还有的孩子考上大学，有的外出打工，有的犯罪进了监狱。

三胖婶

三胖婶是村里最勤快的女人了。叫三胖婶，是因为村子里有三个最胖的女人——大胖、二胖和三胖，三胖婶数第三，人们便三胖婶三胖婶地叫开了。

前些年，村里五更两口子去城里做生意，村西坡地里的庄稼没有草多，最后便没有收成。眼看着要耽误种下季了，三胖婶找到村主任说，西坡五更家的那块地由她种着，荒废了怪可惜的。村主任便给五更打了电话，五更说只要给他家交上统筹提留，西坡的二亩地就由三胖婶耕种了。

三胖婶对五更家的责任田像对自己家的一样仔细，三胖婶种地是把好手，地里很少有草，一年二季，一季麦，一季玉米或大豆或芝麻，除去投资和替五更家出的统筹提留，三胖婶还略有节余。一天，村主任对三胖婶说，五更家责任田的直补钱就归你了。三胖婶想，过去一年统筹提留一亩地要出一百几十元。如今，公家啥也不要，还每亩地补助几十元，这地种得划算。三胖婶家的麦穴子一年比一年大。

五更想要回村西坡地里的责任田。三胖婶说，让俺再种几年，前几年光种地也没得上啥好处。三胖婶收完庄稼，又及时种上下茬庄稼。

五更见要不回责任田，便一纸诉状把三胖婶告到法院。法院判决，三胖婶应该在判决生效之日起将村西坡五更家二亩责任田归还五更家。判决书送达后，五更没有上诉，三胖婶也没有上诉。

三胖婶没理会法院的判决书。庄稼又熟了的时候，她收了，法院把她给拘留了，说是因为拒不执行人民法院判决。三胖婶不明白，这种地咋还平白无故地吃起官司了呢？经村主任奔波，三胖婶把收的粮食还给五更，表示再不种五更家的责任田了。法官把三胖婶解除了拘留。村人都说三胖婶亏。五更回到村里，很少有人搭理，连递出去的香烟都没人接。村里人都说，五更的心太狠了。

太阳从西边升起

汾河在这里拐了个弯，便留下了一个村名——汾湾村。

汾湾村大概沾了汾水的灵气吧，从恢复高考制度以来，村里考出去几十个大学生，有的毕业后当了局长、科长，有的当上了厂长、经理。有的还去美国、日本留学，光村小学葛老师家就出了三个大学生哩。

汾湾村民风淳朴，村民们互敬互谅，从没有打架斗殴，多年来没有发生鸡鸣狗盗之事。

自从花姑成了愣子的媳妇，村里便不再平静了。花姑菜地里黄瓜少了一根，就能骂三天。开始人们认为花姑是新媳妇，处处让着她。久而久之，花姑在村人面前总是呛，什么事都是占上风，没理还赖三分。过分的是花姑竟然把上了岁数的公公、婆婆撵出了家。愣子无奈，只好卷个小铺盖去南方打工。公公婆婆央人在村头菜地里盖了间茅草屋。愣子怕老婆，从没有在媳妇面前说过一句硬话。亲家母来，见到愣子娘住在村头，心里很不是滋味，说，俺一定数落俺闺女，“养儿防老”，俺也一样有儿有媳。愣子娘说，只要他两口子不生气，知道过日子，俺苦点也没有啥。日子虽苦，但也很清静。村主任出面做花姑的思想工作，被花姑骂了个狗血喷头，什么“狗拿耗子多管闲事”，什么“除非太阳从西边出来”。村主任气得回家喝闷酒，一连睡了三天。

村主任找到葛老师，让葛老师出出主意。葛老师自言自语说：“除非太阳从西边出来”，一遍一遍地念叨，突然说：“有了。”如此这般向村主任交代了一番。于是，每天，只要花姑在门外出现，便有几个人上前和花姑客客气气地说话，“花姑好福气呀”，“花姑去哪里呀”。明明是东说成西，明明是南说成北。花姑以为那人胡说，问五嫂，五嫂说，花姑你咋迷方向呢？问七奶，七奶说，我又没糊涂，能不知道东西南北吗？娃娃们在村口唱：“小喜鹊，尾巴长，愣子娶媳忘了娘。爹娘住在村头屋，漏风漏雨真受苦。我的乖，我的儿，你咋这样不是人。”有一天花姑想包饺子吃，早起去赶西集，几个赶集的便领着花姑向东，说太阳出来的地方才是西边。几个人出村后便把花姑甩了，绕到村外去赶集。花姑走呀走，也没有赶成西集。到了晌午头，才从地里摸回来，坐在自家门口哭，花姑真以为自己疯了。村上娃娃们喊花姑为疯子，花姑去打，娃娃们便散了。愣子娘见媳妇哭得可怜，到卖肉的人家要了一点肉送给了儿媳。

花姑的娘让人捎信说是病了，让花姑去看望。路上却总有人在路边为花姑“指路”，本来半晌的路程，花姑直到天黑才摸到娘家，爹娘知道这是村人在变着法教育闺女。爹气得浑身发抖，说，都是你妮子做得好事，把公公婆婆撵到村外，三里五里的都知道，你不嫌丢人俺还嫌丢人哩。花姑问娘，东依然是东，西依然是西。花姑的娘说，你不辨东西南北，太阳不就是从东边出来的吗？花姑对爹娘说，俺错了，俺一定好好待俺的公公婆婆。

花姑一回到婆家，就把公公婆婆的茅草屋拆了，把公公婆婆接回了家，伺候得周周到到。

愣子打工回来看到花姑变孝顺了，知道是村里人的主意，特意为乡亲们放了一场电影。放电影前，村主任请愣子爹说两句。愣子爹说，感谢老少爷们……

年底，乡里评选“十佳孝顺媳妇”，村主任说服众人，将全村唯一的名额给了花姑。

杏　花

杏花嫁给大林，杏花便是大林的老婆了。

大林爹死得早，娘把大林拉扯大，很不容易。娘虽说是个瞎子，但娘脸上整日洋溢着喜悦的笑容。

杏花每天把饭做好，端给婆婆，婆婆打心眼里喜欢这个媳妇。村人夸瞎老婆有福，夸杏花孝顺。

一年后，杏花生下一女，给这个家庭更增添了喜悦气氛。女儿一天天地长大，成为一个可爱的小天使。

杏花和大林探讨一个重大家庭问题，如何增加经济收入。眼瞅着小女儿长大，上学，都需要钱，他们希望小女将来考上大学，当个女医生或教师。商量的结果，大林去外地打工，杏花在家养二头猪，一百多只鸡鸭。

大林打工数月。村电工铁头看上了杏花，每每语言上挑衅，杏花也不骂，脸一红，便躲开了。铁头也有老婆孩子，但铁头爱找女人相好。

铁头看上了杏花。隔三差五地往杏花家跑，有一天，铁头突然抱住杏花说，杏花，俺喜欢你。杏花挣扎，指指那间屋，意识是俺婆婆在家里！婆婆也听到屋外有响动，问杏花，谁呀，干啥哩？杏花说，娘，是铁头，给咱家修电哩，咱家的保险丝坏了。铁头说，婶，我给你家换换保险丝，一会就好。娘看不着，进屋了。

杏花给电费，铁头不要。铁头说，杏花，你家的电费往后全免了，晚上给俺留着门。杏花觉得好奇，果真没有锁门。晚上，铁头钻进杏花屋里。杏花把孩子哄睡，和铁头便进入了一个疯狂的世界。兴许是床的响声大了些，瞎婆婆便出来问杏花，大林回来了吗？杏花说，没有。瞎婆婆又问，刚才和谁说话呢？杏花说，没有谁，我哄娃睡觉哩。

有一天，婆婆叫住杏花，说，妇道人家要守规矩，别和不三不四的男人来往，败坏咱家的门风。要是做啥有辱门风的事，等大林回来，我可要告诉大林。杏花说，娘，我懂，你放心。

又见到铁头，杏花说，俺婆婆可能要发觉咱俩的事了，要告诉大林，你以后别再找俺了。铁头说，不行，我还得经常来找你。要不然，弄包老鼠药，给你婆婆下碗里，看她还管闲事不管。杏花说，那不行，她可是俺婆婆。铁头说，瞎婆婆死了省你的心。

出于好奇，杏花和邻居嫂子一起赶集，在一个卖老鼠药的摊上停下，嫂子问，买老鼠药吗？杏花说，俺家的老鼠多，我想药药。就两毛钱买了一包。铁头问杏花，买药了吗？杏花说，买了。铁头说，为了咱俩永久的幸福，你必须下。瞎婆婆吃了杏花下有老鼠药的面条，便喊肚子疼。杏花吓坏了，这可怎么办？便找人往医院送。走到半道上，瞎婆婆便断了气。到医院，医生一看，瞳孔放大，量量没有了血压，便草草地写了死亡证明，猝死。

杏花给大林打电话，说娘得急病死了，要大林赶紧回来。大林赶回家，已经是第三天天亮。大林问娘得的什么病，怎么抢救的。杏花一一说了，伯伯、嫂子们也帮着说话。大林哭，娘啊，我受罪的娘啊，你不孝的儿子回来了。大林娘七十有二，大爷大叔们都说大林娘有福，死前也没受什么罪。农村有个讲究，人死后，不过三天要埋葬，大林见娘的样子很安详，便让亲人把娘送火葬场火化。骨灰埋在自家责任田里。

麻烦出在铁头身上。大林又外出打工的时候，铁头钻进杏花的屋里，铁头让小女喊他大大，有几次铁头和杏花当着小女的面做爱。铁头说，小孩小，不懂事，不碍事。大林回来后，要亲小女，小女不让。大林请几个人在家喝酒，小女喊铁头为“大大”，一桌人笑个不停，独大林心中有疙瘩，喝酒也不痛快。

大林找到初中的同班同学，如今在派出所当警察的河东，讲了心中的困惑。河东说，你夜里套套杏花的话，兴许能套出什么呢？夜里，大林说，杏花，咱娘给我托梦说她是让人害死的，你能说说详细情况吗？杏花架不住这阵势，便讲了和铁头相好，下药害死娘的事。大林说，你真是狠心，那可是咱的亲娘呀。

大林对杏花说，杏花，你去公安局投案自首吧。杏花说，我知道错了。我去投案，进了大狱，你和闺女怎么办？大林说，要不然，你先躲躲，躲到城里咱姨家一阵子。杏花匆忙收拾了一下，便到姨夫家去了。刚到姨夫家，派出所民警便到了，杏花被请到了派出所。

杏花交代了和铁头合谋药死婆婆的事。

法院判处杏花无期徒刑，铁头有期徒刑十五年。

每年的清明节，大林给娘烧纸钱，哭上一阵。从此，娘不再给大林托梦。

大林去监狱看过杏花。大林说，好好改造，早日出来，俺等着你。

杏花说，大林，以后别来看俺了，俺对不起你，你再找个人吧，别苦了自己。

从此，杏花不再接受大林的接见。

金钥匙

我和妻上班数年，终于在县城附近有了一个属于自己的独家小院。我们每天起早贪黑。妻说，她每天累得不行。我说，找个保姆吧？她说，就找一个吧。这样我们便托亲戚朋友物色乡下适合做保姆的小姑娘。

其实，我和妻也没多少家务，就是每天扫扫院子，买菜做早饭或晚饭，活轻得很。妻又心痛每月几百元的保姆工资。我说，我每个月多写两篇稿子，保姆的工资不就挣回来了吗？

保姆叫小翠，是一位同学的远方姨表亲。小翠喊我大哥哥，喊我妻嫂子。自从小翠到我家以后，院里整洁多了，地板上连灰尘都没有。每天早晨小翠都变着花样做早餐，我和妻都能吃上早餐。连我家的小狗也跟着享福。原先，我们好睡懒觉，到上班时间了，慌慌张张地穿好衣服，洗漱一下，便上班去了。晚上我和妻回到家，小翠已做好晚饭。以前通过抓阄选择谁做晚饭的事没有了。那时，我把两个纸团上都写有“做晚饭”字样。妻先抓，她展开一看，二话没说，就去做晚饭了。可是连着几次后，她非要看看我抓的是什么，我的小聪明被她揭穿了。

小翠在我家一年多，我们的生活质量的确发生了很大变化，我和妻很感激小翠，每月300元工资都及时地发给小翠，让她自己攒着。妻还带着小翠逛了几次商场，分别购买了冬天和夏天的衣服。小翠打扮后，活脱脱一个城里姑娘。

夏天的一天傍晚，我在院子里写一篇散文，拿出了我曾经得过的一个奖品——一枚金钥匙，那是某个城市为举办一个什么节举办的有奖征文，我有幸获得了唯一的一等奖，就是那枚金钥匙。金钥匙长 2 厘米，约十几克，是 24K 金的。小翠看到我拿金钥匙，非要看看。小翠看后，放在院子里小桌上。我回屋取本资料，出来后便不见了金钥匙。问小翠，小翠说她看后就放在院子里小桌子上了。怪事，明明刚才还有，小翠看过后便没有了。妻知道后，劝小翠还给我。小翠眼里浸满了泪水，说，嫂子，我看后的确放小桌上了，大哥是看到了的。是的，我是看到了。可是，我回屋取资料出来就不见了呢？又没有其他人在场，又如何解释？我说，算了，不就是一个金钥匙吗？也值不了几个钱。妻说，那不行，一定要搞清楚。要是养成这个毛病，还不把家给卖了呢？

没几天，妻随便找了个理由，把小翠给辞了。小翠虽然不情愿，但她拗不过妻。小翠走时，留了张纸条，说那个金钥匙真不是她拿的。

小翠走后，我和妻的生活规律又被打破了，早饭、晚饭又是有一顿没一顿的。人不吃，家中的小狗更是饥一顿饱一顿。有一天晚上，我和妻在饭馆把吃剩的菜用塑料袋提回家，连袋子没解就扔给了小狗，小狗贪婪地连塑料袋子都吃了下去。

妻在清扫院中的狗屎时，发现小狗拉出的屎是没消化的塑料布，她用棍展开看看，意外地发现，里面竟裹着我的那枚金钥匙。

我和妻都感到对不起小翠，便去小翠家，想请小翠重新回到我家。小翠娘说，小翠在我家读了不少书，十分感激我和妻。如今，她到深圳一家工厂打工去了，每月工资一千多元哩！

荣誉作家

大李是某政府机关的门卫兼收发员。

进入这家机关之前，大李在南方某城市打工。打工仔的漂泊，让大李很无奈，便托亲戚在家乡找了这个工作。

其实，大李的工作很简单——门岗值班，外单位来人或车辆登记一下就可以进入，邮局投递员把信件报纸送来，由他负责分发送到每个科室。全局的人都夸大李工作认真负责。

有一天，一封信本单位竟无收信人，大李索性拆开来看，称某某的作品在杂志社举办的第几届写作大赛中获了奖，只要寄来一百元工本费，杂志社便寄来荣誉证书。大李爱好文学，也梦想着当个作家，可惜自己只是初中毕业，这个梦想遥不可及。大李把那封获奖通知书反复揣摩了十多天，最后决定寄去一百元证书工本费，称自己就是某某。一百元寄出去了，某杂志社真的寄来了荣誉证书，大李的心激动得要蹦了出来。但是大李却不敢告诉单位的任何人，好像自己做了什么不光彩的事。

自从买了那个荣誉证书之后，大李便留心杂志社的各种启事，尤其是征文比赛启事，他都仔细研究。从某书上抄上几页，改头换面，署上自己的名字寄出去，编辑部居然说可入书，但要购买数十册。大李咬咬牙，拿出一个月的工资，购买了数十册有自己的稿子的书，编辑部也守信誉，便给大李寄来书。大李把书收起来，每天晚上睡前偷偷地拿出来，阅读自己的作品，心中像喝了蜜一样。

几年来，大李便攒了十几本荣誉证书和数本入选自己作品的书。大李没攒下工资，反把工资大部分用于购买荣誉证书和书籍了。大李觉得自己做了一件很有意义的事。

局里进行职称晋升，称只要发表多少篇文章，便可晋升什么职称。大李找到局长，称他发表过好多文章。局长让拿原件看看，大李拿出了自己积攒的荣誉证书和书籍。局长看了，问，这些真是你的吗？大李称真是自己的。局长说，不会是花钱买的吧？大李红着脸说，真不是花钱买的。局长在全局职工大会上讲，大李多年来自强不息，勤奋写作，取得了显著的成绩，大家要学习大李的这种精神。荣誉证书和书改变了大李的命运。大李被局里评为自学成才的标兵，调到局办公室，任副主任。

大李把自己的荣誉证书和书拿到市作家协会。市作协主席团经过研究，批准大李为市作协会员。有人戏称大李为荣誉作家。大李说，荣誉作家怎么啦？荣誉作家也是作家。

办公室老主任退休前与大李交谈了一次，他想看看大李的获奖通知，大李拿出来获奖通知，老主任搬出了自己的珍藏本，那是原局长写稿的登记簿，局长爱好文学，写好稿子后都是交给办公室主任打印寄发。局长用的是笔名，有一次杂志社寄来了获奖通知，大李分发信时找不到收信人。原来自己购买的是局长的荣誉证书。大李明白，大李央求老主任为他保密，老主任点点头。

局长调走了，老主任退了，大李接任办公室主任。只要老主任吩咐，大李要车给车。大李像对待自己父亲一样，每年过节都要到老主任家看望，去时免不了带些礼物。局里召开座谈会，老主任对大李的工作给予充分的肯定。

加入了作协当了官的大李，后来很少写作了。但凭着他的成绩，被推选为作协理事。很多文学爱好者称他为大李老师，恳请他指点作品，他都因工作忙，推辞了。

书报亭

县城的街道变阔了，重铺了柏油，路边也新装了路灯，把黑夜照得如同白天。人们欣喜小县城的变化。

不知哪天县城热闹的街头增加了几个书报亭，是邮局定做的，统一的邮政绿色，柜台以上四周用钢化玻璃装的，很豪华。书报亭成为县城的一道亮丽的风景线。

书报亭四周内壁上被挂满各种各样的期刊，柜台上摆放着各种晚报及破案的娱乐小报，很有可读性。在城里生活的人们在上班或下班的途中顺手买份报刊，带着上班或下班的时间阅读，很方便。

阿云是一个乡下女孩，爱读书，到县城买漂亮衣服时，还要买一些书，读书像啃面包一样津津有味。

阿云来到城里中心广场的书报亭，每次都买几本文学杂志。书报亭的阿姨是一位下岗女工。阿云说，阿姨，这几种杂志每期你都给我留着，好吗？阿姨说，你要是不来买，过期了我就不好卖了呀。阿云说，我把下期的钱先付给你，以后来取，好吗？阿姨说，好的。这样，阿姨就每月给阿云留着那几种杂志。

阿云产生了创作的冲动，写了大量的作品寄往编辑部，结果是石沉大海，连退稿都没有。

终于有一天，阿云指着一本杂志的文章说，阿姨，你看我写的文章发表了。阿姨拿过杂志，仔细地看了，夸奖了几句，阿云心里像喝了蜜似的。

以后，阿云又在杂志上发表了几篇小说、散文，在小县城有了名气。每期杂志一到，阿姨就在小黑板上写出“新到我县作家阿云作品”字样，杂志就卖得很快。

一晃几年过去了。

阿云几个月没取杂志了。阿姨的女儿说，把这几期过期的杂志卖掉吧？阿姨不让，说是给阿云留的。女儿说，再不卖就卖不掉了。阿姨说，阿云一定会来的。杂志就在书报亭里挂着，连封皮的颜色都有点变了。这些杂志都等待着阿云把它们领回家。

这天，书报亭前来了一位乡下妇女。乡下妇女从包里掏出几种杂志，怯生生地问，大姐，俺闺女是从你这买的杂志吧！阿姨说，是的，她已经好几个月没有来取了。乡下妇女递过来一百元钱，买下了那些过期的杂志。阿姨麻利地把杂志包好，又找了零钱。乡下妇女要走时，阿姨问，嫂子，阿云最近咋不来了呢？乡下妇女眼含着泪水说，大姐，你不知道，几个月前，俺闺女来县城时被汽车给撞了，没有救过来。俺闺女喜爱文学，她托梦给俺说，你还给她留着这几个月的杂志，俺过来给她取回去，以后别再留了。阿姨问，那肇事的司机找到了吗？乡下妇女说，肇事的司机跑了，公安局到现在还没有破案。阿姨说，这么好的孩子咋说没就没了呢？她说着，又引得乡下妇女一阵哭泣。阿姨要退回乡下妇女的一百元钱。乡下妇女说，闺女托梦让俺一定付钱，不然她心不安。阿姨说，嫂子，你也别太伤心了。

望着乡下妇女的背影，书报亭的阿姨眼里含满了泪水。

筹学费

雨生跟爹说，他要跟爹一起卖番茄。爹担心他吃不了苦，雨生说，正想体验体验，爹就同意了。

接到重点大学录取通知书，一家人十分高兴。一家人觉得儿子挣了脸，走路都抬头挺胸，在人前说话也硬气了。可一家人愁的是将近一万元的学费。爹说，先把番茄卖了再说，不够到时再借点。

雨生爹种了一亩多番茄，是一个新品种，番茄个大，透红，吃起来十分可口。但是，到集市上卖，就不能摘熟透的，要摘九成熟的，因为熟透的不宜储放。

天还没有亮，爹早早地起了，唤醒雨生，又给架子车打了气，就出发了。爹拉着架子车，车把上挂个黑提兜，是装钱用的，车上的番茄被用一个花布单子盖着，怕太阳一晒番茄蔫了，不好卖。

来到集市，占上一个好位置，把车上盖番茄的单子掀开，每个番茄都露出笑脸，等待着被买去。集市上陆陆续续上来人了。雨生家的番茄个头大，每个有四五两重。雨生爹要价每斤一块一，人家还价问一块行不行？雨生爹就每斤一块钱卖了。有人说，那边卖八角钱一斤呀，你卖的咋那么贵呢？雨生爹说，八角钱一斤的像蛋子。那人便笑了，谁的蛋子卖八角钱一斤？

只要有走到近前的，雨生爹就热情地招呼。雨生爹不停地称重，算账。雨生负责收钱，找零钱。雨生觉得一块钱一斤，账目好算，要是九角几分或一块几分呢？爹说，庄稼人不那么仔细，整账好算，不在乎毛儿八分。

集是小集，很快人就散去了，雨生和爹不停地叫卖，仅卖去一半左右，卖得一百多元。而车子上还有半车子番茄。爹让雨生买斤油条，算是二人的早点。吃过油条，爹说，下乡去，找偏僻离集远的村子。爹拉着架子车，雨生跟着。爹问雨生学校的事，雨生便讲起自己的学校，自己的同学。走了五六里路，来到一个弯里庄的村子，爹喊："谁买番茄？"便有人出来买番茄。仍然卖一块钱一斤。有个大嫂问，用鸡蛋换行吗？雨生爹说，行，一斤鸡蛋换二斤半番茄。还有人问，用麦子换番茄成不？雨生爹说，成。麦子八角钱一斤，一斤二两麦子换一斤番茄。听说用麦子可换番茄，买番茄的人便多了。爹说，有麦子也能换钱，番茄不能放。

在弯里庄卖得差不多了，已经快晌午了，已有人家开始做饭。爹说，到下一个村子去。雨生觉得又渴又饿，他这才体会到"谁知盘中餐，粒粒皆辛苦"的意境。

还剩下十来斤番茄的时候，爹说，不卖了，回家。

又累又乏，便躺下睡去。雨生想，爹娘为供自己上学，太累了。他将来一定要好好学习，争取进城工作，把爹娘接到城里。美美地享享福。

雨生又跟着爹去了几次。总共卖了两千多元。

快开学的时候，舅舅来了，舅舅送来五百元钱。

大姑、二姑都来了，各家都送了五百元钱。娘说，他姑家孩子要是考上大学，咱就不能送五百了，要送六百或八百元。

舅舅跟爹说，雨生考上大学这是一件喜事，何不请人乐一乐，还能收几个份子钱？雨生爹说，请客就如同让人家付钱吃饭，不好意思。舅舅说，你整天给人家随份子礼，人家就好意思？这样，雨生爹就请了客，摆了十几桌酒席。村支书、村主任都来了。村支书说，雨生考上大学，是全村人的光荣，应该庆贺，他和主任每人拿了二百元钱，其他人也都拿了一百元。全村有二百多户，来了将近百户。雨生爹收一万元礼，除去花销，还有八千元。这下，雨生上学的学费有着落了。

怀揣一万多元学费，雨生到他考上大学的那个城市去了。他说，他不会忘记他的爹娘，不会忘记纯朴的村民。

傻瓜是什么瓜

翻过年，春桃就满十六岁了。

春上，春桃跟娘说，她要去镇上的服装厂打工。娘说，你还小。春桃说，俺都十六岁了。

娘拗不过春桃，春桃就去镇上的工厂报名。镇上的服装厂是一个外地客商办的。报名时，人家问春桃多大了，春桃说十六了。同村的十六七岁的姑娘都说十八九岁了。因为招十八周岁以上的工人才给满工资。春桃算不上成年工，就每月少给100多元。有人说春桃真是个傻瓜。春桃说，俺就十六岁嘛！春桃问人家，傻瓜是什么瓜？人家便笑她。

有人嫌工资低，就鼓动人去跟厂长闹，问春桃去不？春桃说，不去。干了活人家给钱还闹什么呢？结果去闹的人都涨了工资。好多人都说春桃真是个傻瓜。

一晃，春桃就十八岁了，出落成大姑娘，要身段有身段，要线条有线条，脸蛋也越来越好看了。厂里要组织模特队去外地演出宣传，春桃便被选进了模特队。进了模特队的春桃，工资一下子涨得老高，一个人抵三个姐妹的工资。把姐妹们羡慕死了。很快春桃便有了一笔不菲的积蓄。

春桃参加一个国内的服装模特大赛，居然获了个二等奖。

一个服装经销商看上春桃，要包下春桃，每月给三四千元零花钱，春桃不干。春桃说，俺就喜欢村上的二狗哥。有人说春桃真是个傻瓜，放着福不去享。厂里模特队的另一个姑娘跟了那大款，过上了衣食无忧的日子。

春桃和二狗结婚后，便不再干模特了，又回车间当了一名普通女工。因为二狗不喜欢春桃整天抛头露面的。

春桃问二狗，傻瓜是什么瓜？二狗说，嫁给俺的就是最大的傻瓜。春桃说，俺愿做个傻瓜，还要给你生个小傻瓜。

几年后，傍了大款的那个姐妹又回来了，说那个大款因为经济问题被抓起来了。她说，她真是个傻瓜，后悔当初跟了他。

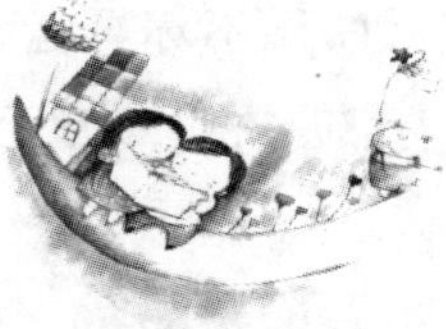

经纪人

镇上招商办要招几名经纪人，说是为了塑造本镇的品牌形象。经纪人的权力很大，几乎垄断了全镇的生意。成了经纪人，可以说日进斗金，所以报名者十分踊跃。

二虎想报名当经纪人，找几个哥们商量。有军师之称的毛猴说，二虎哥，你要想当上经纪人，要哥们几个全报名，为你助威。二虎不解，毛猴解释说，有哥们几个，你不就减少了竞争压力吗？

镇里为此专门成立了考评组。首先是笔试，接下来是面试，综合打分确定谁能胜出。二虎领着几个哥们闯过了笔试，在面试时，毛猴几个洋相百出，在别人面试答题时，故意误导别人答题。

一榜二榜一过，剩下不到十人，毛猴领着几位退出，二虎自然被录用为镇上的经纪人。

成了经纪人的二虎，自然忘不了毛猴等几个哥们的帮助。没事的时候，哥们几个到饭店里坐坐，喝个天昏地暗，自然十有八九都是二虎付账，好在二虎腰包里有钱，二虎不在乎。

二虎在生意上也帮衬毛猴他们几个。比如，外地客商要一车芝麻，二虎发话，毛猴几个就凑一车芝麻。二虎、毛猴哥几个都有钱赚。

一外地客商要一批苹果，几十吨，还交了押金。二虎就告诉毛猴几位准备苹果。苹果准备好后，接连阴雨数天，客商并不急于运出。十天过去了，苹果产生了酸气。半个月过去了，有的苹果流出了水。这下客商不要苹果了。任二虎怎么求人家，人家就是不要。客商说了一句意味深长的话，他终于明白了自己赔在什么节骨眼上。

原来，他去年做苹果生意，着急拉回去上市，可是，拉回去后苹果就开始坏，赶在国庆节前后，烂苹果卖得不够本钱。他咨询一位教授，教授说，苹果上有病。放几天试试，如果不坏再运不迟。结果，苹果生意让毛猴几个赔了个一塌糊涂，每人都赔进去几万元。

二虎的生意一落千丈。

毛猴几个找到二虎说，哥们几个有的想喝药，有的想上吊，得想个法子呀。能想什么法子呢？他们的名声已传出去了，已经很少有人跟他们做生意了。有人说，从云南、贵州大山里领回些姑娘，卖给本地男青年做媳妇，可挣钱了。有人反对，说，贩卖人口可是犯法的事，不能干。毛猴说，二虎不是还有个经纪人的身份吗？我们就以经纪人的身份，赚个辛苦钱。

哥们几个做了分工，有负责找姑娘的，有负责路上接送的，有负责在本地联系男青年的。这生意也的确做成了十几起。

可偏偏这时候出了差错。

一个叫珍珍的姑娘嫁给本地的黑牛，黑牛年龄大，又有点憨，珍珍没几天便跑了。这下，黑牛不干了，让二虎赔媳妇，二虎不干。黑牛便把二虎告到派出所。派出所抓走了二虎、毛猴几个，以涉嫌婚姻诈骗罪刑事拘留。

在看守所里，二虎反复嘀咕，俺给人做媒咋还犯了法呢？

二虎、毛猴分别被判处了有期徒刑数年。

从此，镇上便少了一个经纪人的身影。

栽赃

那天，春田媳妇骂了狗子，说狗子是贼，整天偷人家的东西，让狗子感到很恼火。

小时候，狗子上学不努力，今天偷同学一块橡皮，明天偷一个本子，后来便被学校开除了。被学校开除的狗子整日无所事事，便干起了偷东西的营生。狗子的生活滋润着哩，西瓜还没有上市，家里就有西瓜吃，玉米、红薯主人家还没舍得吃时，在狗子家早不是稀罕物了。更别说谁家的鸡少了，谁家的鸭没了。

春田媳妇向堂哥家借五十元钱，堂哥没钱。春田媳妇很生气，便向村人嚷堂哥怎么不好。狗子知道后，便默默记在了心里。

村里谁家得了个男娃，晚上放电影。吃过晚饭，全家都去看电影。电影是双片的，其中一个是《地道战》，打仗的，乡下人都爱看。第二个电影演到一半的时候，放映员用话筒说："春田堂哥家的人立即回去，家里出事了。"春田堂哥一家人回去，发现家中堂屋里三袋子芝麻不见了。堂哥立即报告村主任。村主任说，三更半夜上哪找去？堂嫂哭着说，那是俺家二亩地的收成，值一千多块钱呀。堂嫂说，俺家装芝麻的袋子上都写着俺男人的名字，有一个袋子前几天被鸡叨烂了，能漏芝麻。春田也来了，村主任说，那咱就找找看。村主任领着十几人打着手电筒顺着漏的芝麻粒慢慢地向前找，在春田家门口停下了。春田说，咋会到俺家呢？主任说，你们进屋看看。果真在春田家堂屋看到三袋子芝麻。春田说芝麻是他家的，正好三袋子。堂嫂说，俺家的袋子就能证明这芝麻是俺的。村主任说，到底怎么回事？堂哥说，春田，你咋能干这事？春田说，堂哥，我真的没有偷你家的呀？堂哥说，那俺家的芝麻咋跑到你家来的？春田说，俺家的芝麻还没了呢？堂哥说，别骗人了。村主任说，三袋子芝麻值一千多块呢！把春田抓起来，能判好几年刑的。堂哥说，既然俺家的芝麻找到了，就别报案了，改天俺请主任吃酒。

村里人都知道春田偷堂哥的芝麻的事了。春田一家人在村里抬不起头来。

几年后，春田得了癌症，已到晚期。春田几次想给堂哥解释一下。堂哥也想去看望一下春田，却被堂嫂骂了回去。堂嫂说，就当没这样的弟兄，死了也不搭理他。

春田死了。死后百天，狗子从监狱回来了（狗子因抢劫罪被法院判刑五年），狗子去春田坟上烧了纸，哭着说，春田哥，俺不该栽赃你，其实是俺偷了你家和堂哥家的芝麻，又把堂哥家的芝麻放到你家的呀。

春田的堂哥听了，也哭得泪人一般。

小说家

张三高考落榜后，连复习二年，还是没有考上大学，最后在亲戚的帮助下进了县城一家公司，成了一名工人。

张三很快被公司老总发现，调到办公室工作。张三文科好，写个通知、简报、工作总结、典型事迹材料不在话下，尤其是几次老总在市里发言材料都是张三写的。老板奖了张三一台电脑，张三再写东西就在键盘上敲，比手写省劲多了。

张三无意中敲出一篇文章，寄往一家杂志社。没想到很快被杂志社在小说栏目上给发表了。收到杂志后，张三逢人便说，我的小说发表了。同事们要张三请客，张三把同事领到县城一家饭馆，一桌花去三百多元。几个哥们喝高了，又去歌厅疯了半夜。收到的稿费才三十元，不抵那天请客费用的十分之一，但张三高兴。

张三很快迷上了小说创作，而且接连又在几个杂志社发表了作品，大有一发不可收之势。张三的大名很快在小县城的文艺圈里传开了。张三被市作家协会吸收为会员。每逢朋友聚会的时候，有人便称“小说家来了”，张三沾沾自喜。

没想到张三因一篇小说惹上了官司。

张三的一篇小说中，写一个单位的女会计与科长相好被人捉奸的事。正好，前几年单位里就有一个这样的真事。巧在小说中的女会计与现实生活中女会计同姓。女会计认为张三用小说诽谤她，任张三如何解释，女会计还是把张三告到法院，要求张三为其恢复名誉，并赔偿名誉损失费若干。张三委托了律师。开庭那天，张三没去，法官经过审理，认为小说是虚构的情节，不是新闻报道，张三小说里的女会计与原告没有任何关系。驳回原告的诉讼请求。宣判后，张三及女会计都没有提起上诉。那位女会计不想在单位里受辱，愤而辞职，张三觉得自己很对不起那位女会计。

不能写城市生活题材，那就写农村题材吧。张三又发表了十几篇农村题材的小说。张三老家的村主任来城里办事，顺便到张三办公室坐坐，听说张三是作家，便索要几本杂志，村主任拿回去，村里人相互传阅。便有人对号入座。张三回到村里，一个叫二虎的拿着杂志问："你咋把我也写进文章里了哩?"张三说："那是瞎编的，不是你。"二虎说："就是，就是。"张三说："请你吃饭吧。"二虎说："饭就别请了，就全当俺在你小说中当了一回模特。你晓得不？给你当模特是要收费的，就给两条红旗渠烟吧。"二虎在村里小卖部里拿了二条红旗渠烟，张三付了账。

一个叔伯婶子指着张三的鼻子骂："大侄子呀，你咋在你的小说里编排你婶子呢？满村里打听打听，你婶子是那么不孝顺的人吗?"张三娘说："他婶子，你别生气，张三不是故意编排你哩。"叔伯婶子说："那不行。二虎在他小说中当一回模特拿了两条烟，俺就要一袋麦子。"叔伯婶子果真扛走了一袋麦子。娘骂张三，你都写了什么呀，到处惹人骂。

村里小学的一位教师找到张三，他说，他读了张三一篇作品，认为过于写实，很容易让乡亲们认为小说中的人物就是村上的某某。虽没有点明，但也容易让别人误解。他给张三讲个他舅家村上的事吧，让张三写成小说。又勉励张三一番云云。

张三听了小学老师讲的故事写成了一篇小说，很快在杂志上发表了。但很快又接到杂志社的电话，说他抄袭一个著名作家刚发表的作品，必须写出检讨，并在杂志上公开发表。张三找来那位著名作家的作品，故事确有雷同。张三问小学老师怎么回事，小学老师说，那个故事确是著名作家某某刚发表的作品，他读过后，讲给张三听，没想到张三真的写进了小说里。小学老师说，你把家乡写得那么落后，把乡亲们写得那么愚昧、尖刻、吝啬，也该有人治一治你。

张三没有寄去检讨书，只是杂志上很少再见到署名张三的作品了。

一把火

跃进两口子把爹撵到村头用玉米秸搭成的小屋里。

村人说，跃进两口子不该跟爹分家。

那个特别困难的年月，跃进的亲娘领着跃进讨饭来到村里，村人给了跃进娘一个饼子，跃进娘还是不走。村人问跃进娘还要什么，跃进娘说，把孩子留下。跃进的爹便收留了跃进。听说，跃进的亲娘走了四五里路就饿死了，临死还没有舍得吃村人给的那块饼子。

跃进爹没有娶妻。跃进的爹待跃进如同亲生儿子，又当爹又当娘，一年又一年，把跃进拉扯大。村里分责任田那年，跃进结婚了。跃进有了自己的孩子。跃进的爹便不受媳妇待见了，跃进媳妇提出分家。跃进不同意，媳妇便跟他干仗。爹说，只要你们不生气，就分家吧。爹同意了。其实，媳妇要分家，爹不同意也是没有办法的事。所谓分家，就是把爹的被子搬到村口玉米秸搭成的棚子里。又扛了两袋粮食，拎了一只小锅，一个碗。爹虽说上了年纪，但自己也能摸着做饭，只是手脚不利索。

跃进两口子被村人指指点点。跃进不当媳妇的家，媳妇不在乎村人的脸色。

跃进媳妇的娘家就离村子几里地。在镇上赶集的时候，有人给跃进媳妇的娘家爹捎信，说是他闺女病了，想爹和娘了，让他们来一趟。跃进的老丈人和丈母娘吃过饭便急急地赶来了。在村头，正好碰到村治保主任。村治保主任和跃进的爹同辈，村治保主任便迎上去，掏出一盒带滤嘴的香烟递与跃进老丈人，说，亲家来了。跃进的老丈人接过烟，说，亲家，你家都好吧。正说话间，跃进爹住的玉米秸小屋着火了。跃进的老丈人问，那小屋里有人吗？村治保主任说，住着跃进的爹。跃进的老丈人问，咋还不救人？村治保主任说，火化好哩！城里都时兴了，省得埋葬费哩。跃进老丈人把跃进爹背出着火的小屋。火很快被扑灭了。村人便将没有着火的被子、粮食等物件收拾后给跃进送回家。

跃进的老丈人、丈母娘是明理人，他们把跃进骂了个狗血喷头，骂跃进不孝顺。骂完跃进又骂自己的闺女，说闺女给他们丢了脸，如再不孝敬公爹，以后不许再登娘家的门。跃进的爹说，是自己不小心，弄着了小屋的柴火，不怪跃进及媳妇。跃进及媳妇答应以后好好孝敬爹，跃进老丈人才放心地离去。

跃进及媳妇好好待爹，爹又活了十年。最后因病去世，死时七十岁。

当年，跃进爹住的玉米秸搭成的小屋的那把火是谁点的，村里人都知道，只有跃进两口子不知道。

老李头的故事

老李头心里很明白，在村里他属贫困户。一是子女多，二是没有经济项目，光刨几亩地仅填饱肚子。因为穷，在众人面前挺不起腰杆，在子女面前也挺不起腰杆，村里有几个娃在县上吃上了皇粮，爹娘在村里也很风光。他觉得要改变这种现状，很难很难。他天性胆小，从不敢做违法的事，即使有时有改变这种状况的念头，他不知道算不算违法。

娃们争气，上学总拿回满分。那年秋天，大儿子豆豆高中毕业。在村里，像娃一样大小的娃大多找了对象。豆豆和队长的闺女雪雪好上了。豆豆让爹托人说媒，老李头备了四色礼，让人给队长说说，队长从鼻孔里哼了一声："就他那家庭?!"婚事就黄了。雪雪被爹许给邻村在县上当临时工的狗狗。临出嫁头天晚上，雪雪找到豆豆。雪雪说，豆豆哥，是俺爹逼我出嫁的。反正我是要出嫁的人了，今晚你就要了我吧。豆豆抱着雪雪拼命地亲，泪水贴着俩人的脸流下，分不清是他的还是她的。最后，豆豆推开雪雪，他终没有要了她。从此以后，队长总让老李头干最重最脏的活，他不断地吃哑巴亏，和队长家的仇越来越深了。

实行家庭承包责任制以后，队长也不算"官"了。过去队长总指挥着干活，自己不干。如今，队长不干，队长老婆也不愿意。八仙过海，各显神通，家家户户都想着多挣钱。那年县上生产出一种叫莲花牌的味精，听说在饭里放点，顿顿有吃肉的感觉。豆豆便到县上买了几包，回到村里卖。开始，村里人不信，但吃过的人都说好吃。看到卖味精比干田里活有出息，豆豆便走村串户卖起了味精。三村五里谁家有个红白大典事，要拉几十桌待客，豆豆就把味精给人家送上门去。

后来，豆豆出钱买下了村里六奶奶家临街的屋，扩成门面房，开了间商店。味精、糕点、布匹、烟酒等应有尽有。由于地理位置好，购买者多，生意也好，不几年成了村里小有名气的暴发户。豆豆也娶了比她小几岁的邻村老姑娘环环。结婚那天，豆豆邀请村里人到家喝喜酒，几个在县上的科长都回来了，队长也去了。众人乐，便逗着队长喝酒，队长竟喝醉了。喝醉后队长打自己的脸，说："我有眼无珠，咋不把雪雪嫁给豆豆呢？"队长被人送回了家。当天夜里，队长出来解溲时摔倒了，住进了医院。医生检查后说是冠心病。队长无儿，唯独女雪雪。雪雪的丈夫在县上也下了岗，雪雪在家也紧巴巴地过日子。爹摔倒后，雪雪卖了家中的大猪，拿着钱到医院伺候爹。几百元到医院，不几天就花完了，雪雪的娘光知道流泪。雪雪找到豆豆，说想借些钱，给爹治病，豆豆让雪雪先回去。豆豆给爹说了，老李头说，借。豆豆不解，老李头说，咱能还和他计较吗？再说，他毕竟当过咱的队长呀。

豆豆和爹带五千元钱，到医院去看望队长，豆豆对雪雪说，这五千元钱先用着，不够再给我说。队长流着泪对老李头说："老哥哥，我对不起你，对不起娃呀！"

后来，队长还是没有治好，死了。豆豆花三千元为队长买了棺材，村里人都去吊唁。村人就是这样善良。

队长走了，老李头变得闷闷不乐，他心中没有了对手。

张琢磨

张琢磨也算村上的一位名流。

张琢磨并不是他的本名，因其爱琢磨事，人们便唤其张琢磨了。所谓琢磨就是考虑、反思、研讨的意思。

早年家里穷，没上过学，张琢磨大字不识一个，后来学着会写自己的名字。但这并不影响张琢磨的思路。说起形势政策来，村组干部比不上他。有时，他还可能与乡上领导理论理论呢。有人问他知识从哪来的呢？他说，他是听广播看电视得来的。

张琢磨善于琢磨人。琢磨村上的每一个人，包括支书、村主任、妇女主任及小学校长。他能全面总结一个人的优点及缺点。甚至谁家婆媳吵架，他不到现场就知道起因，知道怨谁。如果谁上了张琢磨的名单榜，这个人大概要出麻烦。村里副主任与一小媳妇通奸，被张琢磨发现。那小媳妇开门后，张琢磨没有见人，就对床下喊，出来吧！副主任从床下爬出来，对着张琢磨跪了下去："大哥，求求你看在多年老哥们的脸面上，别将今晚的事说出来。过年俺给你砍个猪腿。"过年时，副主任果真给张琢磨送来了一个猪后腿，还有一瓶酒。但不知怎么回事，这个事后来还是被人知晓了。小媳妇的丈夫闹着离婚，直到副主任答应与小媳妇一刀两断，并包赔几千元青春损失费了事。

张琢磨不但善于琢磨人，而且善于琢磨事。生产队那阵子，村里与学校三天两头支农，组织学生参加生产劳动，张琢磨教育孩子，一定要好好读书，只有读书上大学和当兵才是农村娃们吃皇粮的出路。没想到，两三年后，恢复高考制度，张琢磨两个娃都考上了，一个考上了大专，毕业后当了乡干部，后来当上了乡长。另一个考上了中专，毕业后在县城一所中学教书。农村实行联产承包责任制前是生产队分组，他便琢磨要是一下子分到户，谁干的是谁的，不是更有积极性吗？他找到村小学校长，要打扫厕所，校长求之不得。张琢磨便把村小学厕所的肥料运回家。下半年，就开始分田到户。张琢磨把肥料送到田里，麦苗果然比别人家的壮，每亩地比人家多收一两百斤麦子。有人说，张琢磨长有关后眼，他咋知道攒肥料呢？张琢磨最得意的就是这两件事。

有人见张琢磨琢磨事的时候，一个人吸烟，静静地思考问题。有人想套他的话，就请他喝酒，可他从不与村人喝酒。即使喝酒也在家自己喝上二两多酒，没有醉过。可以说，村里没有与张琢磨关系特别要好的人。

上级号召搞村村通工程，就是村与村都通柏油路。村里向各家收了集资款。可集资款收过两年了，别的村都铺上了柏油路，村里还没有动静。有村民提出查账，会计便将账本藏了起来。张琢磨找到村会计，问修路集资款弄哪去了？会计说，集资款让支书还村里贷款了。张琢磨说，你们私吞集资款是要负法律责任的。支书及村主任都去张琢磨家求情，张琢磨答应不再追究此事，而是让在别的乡当乡长的儿子想办法把村里的柏油路修通了。

不知谁把这个事捅了出来，检察机关以挪用资金逮捕了村支书及会计，因认罪态度好，被分别判处有期徒刑一年缓刑一年。

每天，张琢磨和村里老人们一起蹲在柏油路边，唠唠嗑，重复着一个又一个的话题。有人问他，在琢磨什么呢？他笑笑，现在什么也不用琢磨了。

金 佛

艾艾是一个乡下女孩，刚过十八岁生日。十八岁的艾艾出落得漂漂亮亮，用城里流行的词叫靓。

艾艾在表姐的理发店干活。有客人来需理发，艾艾就亲切地招呼客人，给客人洗头，慢慢地，也能给客人做头发，只是手法没有表姐娴熟。

春节后，有人给艾艾提亲，男方是邻村的，艾艾的对象叫玉米，玉米生得眉清目秀，玉米在浙江一家企业打工。艾艾和玉米见过几次面后，玉米的爹便给艾艾下大定了。所谓大定，就是给女方送聘礼，光现金就一万一百元。乡下称“万里挑一”。另外还有猪肉、烟酒、水果等装了满满一三轮车。艾艾对玉米很满意。玉米领艾艾到城里金店买了一个金佛，挂在胸前，艾艾很珍惜玉米送的金佛。在浴池洗澡，艾艾把金佛取下，特别放在口袋里。夜晚睡觉时也很少取下。抚摸着金佛，就像抚摸着玉米的脸一样可爱。

那天，吃过晚饭，艾艾给表姐说，到县城中心广场玩去，表姐说早点回。艾艾在广场转悠。有人叫卖冰淇淋，艾艾就掏出一元钱买了一个，走着吃着。突然，从路边窜出二个十五六岁的少年，其中一个蓝头发的伸手就扯艾艾胸前的金佛。艾艾本能地用手捂着，另一个黄头发的少年威胁说，再不放手就捅死你。艾艾的手被掰开了，金佛被蓝头发抢去。艾艾明白过来后，蓝头发、黄头发早跑得无影无踪。艾艾哇的一声哭了出来。路人问她哭什么，艾艾说自己被抢劫了。路人就指点艾艾，还不到派出所报案去？在表姐的陪同下，艾艾到派出所报了案。值班民警给艾艾做了笔录，好几页，艾艾看过后还签名，摁了手印。表姐问民警，什么时候能破案？民警说，还没有立案哩！表姐说，总要有个时间吧！民警不耐烦地说，派出所也不是给你一家开的，没破的案件多着哩。艾艾和表姐悻悻地回去了。

第二天，艾艾到派出所问民警，她被抢的案件有眉目没有？民警说没有。艾艾问，她能抓抢她的人吗？民警说，每个公民都有协助公安机关抓捕犯罪嫌疑人的义务。艾艾说，我抓住了，给你们打个电话。民警笑了，好吧。就给艾艾一张警民联系卡，上面有民警的电话号码。

艾艾向表姐请了假，她说，她要抓住那两个抢她金佛的人，要回玉米送她的金佛，因为金佛是她的心爱之物。表姐说陪她，她说不用。表姐说，别来硬的，见了那两个人，赶紧打电话。艾艾就每天在广场上转悠。一天过去了，没有见到那两个抢她的人。两天过去了，没有见到抢她的人。表姐说，别去了，破案是公安机关的事，你一个小女孩能有那么大的能耐？艾艾坚信她一定能找到。艾艾就自己带着大茶杯，渴了，喝点水。直到第五天，她眼前一亮，见到了抢她的那两个少年。她想喊，但没敢喊出来，就拨通了派出所民警的电话。只几分钟，派出所民警便在广场将蓝头发、黄头发擒获。

民警追回了艾艾被抢的金佛，摧毁了一个少年犯罪团伙，带破多起抢劫案件。

李耀祖

李耀祖年轻的时候当过贫协主席，在村里一呼百应。

李耀祖有三个儿子，分别是李大娃、李二娃、李三娃。

给三个儿子娶完亲，李耀祖年纪也大了。

李耀祖和老伴一起生活，粮食是每个儿一年给三百斤麦子，一百二十元钱。如有重大疾病，花费由三个儿子分摊。

老伴常给李耀祖嘀咕，我死你后头还好些，我若死在你前头，你咋过哩？冬天谁给你缝棉衣？衣服脏了谁给你洗？有个头痛发热的谁疼你？

偏偏老伴就死在李耀祖前头。

李大娃兄弟埋葬了娘，便开始商量爹的赡养问题。李大娃的舅舅主持的，李大娃兄弟三个及媳妇都参加了，李大娃的一个叔伯哥在村里当副主任，也旁听做个见证。通过协商，达成一致意见，李耀祖由三个儿子分别赡养，一替二年。李大娃媳妇说，一替二年太长，应该一替一年。就改为一替一年。爹在谁家，谁负担爹的生活及治病。大病还要三个人分摊。先从李大娃家开始。以后的交接日为每年农历腊月二十六。李大娃作为老大，就多负担年底前的这一段时间，大家都同意。

李耀祖跟着大儿子生活，大媳妇把公爹侍候得舒舒服服，次年的农历腊月二十六，李二娃把爹接到家中。

过了年，李三娃两口子找李大娃商量，他家房子不够宽敞，爹到他家没地方住，想与大哥换一年赡养爹。大娃说，这事得给你嫂子商量。考虑到三娃家的情况，大嫂就痛痛快快地答应了，替三弟赡养一年爹。

夏天，李三娃开始建房，三间二层小楼，在村里也算数得着的得发户。房子建好后，李三娃高高兴兴地搬进新房。

眼看快过年了，爹并没有走的迹象。李二娃的媳妇说，该三弟赡养爹了，咋还不来接？李二娃找李三娃，李三娃说，他与老大换一年时间。李二娃找李大娃，李大娃说，当时说换是老三没房子，不宽裕，如今老三房子盖好了，还换什么换？老大、老三都不接，爹便在李二娃家过年。

过了春节，李二娃又去找李三娃、李大娃。李三娃还是说，他与大哥换一年时间。李大娃说，老三房子盖好了，就没有换的必要了。

一气之下，李二娃把爹的破被子扔在村当街的路上。李耀祖守着一双破被子抹眼泪。

村里看热闹的人多了，对大娃、二娃、三娃议论纷纷，说怨谁怨谁。

李二娃的闺女端来一碗菜，拿了一个馍，热腾腾的。孙女眼含着泪水，说，爷，吃点饭吧。李耀祖怎么也吃不下去。

李耀祖在寒风中过了一夜。

听说外甥把他爹扔在路上，李大娃的舅舅生气了。舅舅找了一个算命瞎子，给了五十元钱，告诉他如何如何。算命瞎子来到李三娃家，在门面转了几圈，引起了李三娃媳妇的注意。李三娃媳妇问，先生有什么事吗？算命先生说，贵府是福地，但有血光之灾。李三娃媳妇把算命先生请到家中，算命先生便把李三娃家的前前后后事说的清清楚楚。李三娃媳妇问，先生看不到咋知道俺家的事？算命先生说，天机不可泄露。若要破解血光之灾，必须把爹请到家中。爹是她家的福星。

李三娃把爹接回了家。

村人说，还是李耀祖这家伙有福，老了老了还住上了楼。

聪明误

大年初一，胖墩到豆林家拜年，还提了礼物，几斤糕点，一瓶白酒，又请豆林到家喝酒。喝酒后，豆林说，胖墩兄弟，找俺有什么事，请说吧。胖墩说，眼看着孩子们大了，上学要钱，俺想跟你出去跑生意。豆林说，中，准备好盘缠。

豆林是村里几个最早跑生意的人。所谓跑，就是送上门与人谈生意。豆林的生意主要是往机关单位推销服装及办公用品。有一年，豆林找到浙江一个工厂的老板说是推销服装，后来豆林说，给你们送牛肉行不?老板说，牛肉也行。结果服装换成了牛肉。豆林买了几万元的牛肉，用车送过去，一斤牛肉赚好几元。豆林也到医院谈医用白大褂，到学校谈学生校服生意。总之，只要进个机关单位，就要和人家套近乎，一起吃饭，给主要负责人及经办人送点礼金签订好合同，就可发货。对方就把款打回来了。

过罢十五，豆林对胖墩说，正月十六是个出门的好日子，咱十六搭车走。胖墩便跟着豆林来到江苏一个城市。豆林交给胖墩一套和人家套近乎的理论，告诉他怎么去说。胖墩便一个单位一个单位拜访。每到一个单位，人家一听是推销东西，又是河南人的，便把人轰了出来。而豆林并不急，每天住在宾馆，打打电话，看看电视，有时还带着胖墩喝酒。在家时胖墩还可喝半斤酒，可和城里人喝，人家用大杯子喝，一下子喝了那么多，每人都能喝几大杯，胖墩喝两杯便头晕，连饭也吃不下，有时还要豆林扶着回来。

在豆林的引荐下，胖墩和几个单位的头交上了朋友，说妥了几笔生意，虽不是很大，但比打工强多了。胖墩有了自己的基础，便不再和豆林搭伙，而是自己跑单帮。

胖墩在谈生意的过程中，认识了一个瘾君子。这位君子离不开大烟。大烟是俗名，是一种叫罂粟的花结了果，从果子流出的汁液凝聚后提出来的，精炼后成白面状，叫海洛因，是一种毒品，长期吸食成瘾，丧失劳动能力。英国人用鸦片打开中国的大门，引发了历史上著名的1840年中英鸦片战争。这些在小学历史课本上胖墩是学过的。况且，大烟是国家明令禁止的。可是胖墩禁不住大烟价格的诱惑。他想，要是弄一种东西冒充大烟卖，既不违法，又可挣大钱，乐哉！经过多方考察，胖墩找到一种叫婴儿素的东西可冒充海洛因。胖墩就用婴儿素换回了一匝百元大钞。胖墩把钱揣在怀里，还没有捂热，就被公安人员抓获，说是贩卖毒品。胖墩被公安机关刑事拘留，关在看守所。后经鉴定，胖墩卖给人家的不是毒品而是婴儿素，公安机关以涉嫌诈骗对胖墩批准逮捕。胖墩等待着法院的判决，恐怕要在监狱打发一段宝贵的时光。

说起胖墩的事，豆林说，做生意要实实在在，胖墩出事，因为他太聪明了。

芝麻大点官司

树墩和王娃是嚷嚷着到派出所报案的，后面还跟了十几个看热闹的人。

派出所所长亲自接待了他们，树墩和王娃抢着先说，所长让他们一个一个说。没说几句，所长听明白了，树墩和王娃看别人下象棋，因为支棋而打了起来。树墩的门牙打掉两颗，王娃的眼睛被打成个“熊猫眼”。

警员分别给他们做了笔录并询问了有关证人。

所长问树墩和王娃有什么想法，树墩说：“他打掉俺两颗门牙，构成轻伤哩，所长一定要拘留他。”

王娃说：“门牙是他自己磕掉的，他把俺的眼打成这个样子，再狠一点，打瞎了，就构成重伤，要判几年徒刑，所长一定要拘留他。”

所长说：“构成什么伤害，需要法医鉴定了才算，农活这么忙，先回吧。”

树墩和王娃一致说不回，强烈要求所长依法公正处理。

所长说：“知道观棋的规则吗？”

树墩说：“知道。”

王娃说：“晓得。”

所长说：“那为什么不遵守规则呢？”

树墩说：“支棋如保国家。”

王娃说：“就他支那臭棋俺看不过去。”

树墩和王娃又吵了起来。

所长说："这样吧，我和你们每人下三局，三局二胜，谁赢了我，我按谁说的办。赢不了，按我说的办。"

有人问所长，能这样处理吗？所长笑笑，没有答话。

所长故意离开一会儿，树墩和王娃全忘了刚刚打过架，凑近嘀嘀咕咕商量，有这样断官司的吗？

所长似乎看明白了二人的心事，说这场官司还要用象棋了断。警员对棋局作了布置。

所长对树墩和王娃说，派出所的工作很忙，合着派出所也不是为你一家二家开的。我也没有时间陪你们下棋。这样，我一边工作，一边同时和你俩下棋。树墩和王娃睁大了眼睛，啥，同时和两人下棋？

所长边"工作"——看电脑中的象棋棋谱，一边和二人下棋。结局可想而知，树墩和王娃都输了。

树墩说："所长大人，你的棋艺真高。"

王娃夸奖说："所长，你不愧是象棋大师哩！"

所长说："你们俩打架的事很简单，因为这芝麻大点屁事，把你们俩都拘留了，赶明孩子说亲时还是个污点哩。再说，你俩还是邻居，低头不见抬头见，就是拘留了哪一家，另一家能安分吗？邻居不就显得生分了吗？现在我宣布对你们俩的处罚结果，对每人处以行政警告，各负担自己的医药费。服气吗？"

二人同时答："服气。"

树墩和王娃商量，所长这样处理，的确文明，咱俩凑钱请所长喝酒行不？

王娃说："不行。你请你的，我请我的，不凑份子，显得小气。"

树墩说："那我请所长时你陪，你请所长时我陪，行不？"

王娃爽快地答："行。"

卖槐花的女孩

槐树开花的季节，村子里到处弥漫着沁人的槐花香。槐花，颜色洁白，像雪一样一穗穗挂在树上。槐花不仅好看，而且可食用，或拌面蒸吃，或水煮过凉调，或晒成干菜花冬日里炖肉。

小时候，我最喜欢吃娘做的蒸槐花。我爬到树上，折下树枝，扔到地上，娘把一穗穗花撸到簸箕里，我忍不住抓着槐花往嘴里填，还说“好吃”，娘笑着说：“看你那馋样！”槐花开过几天就老了，所以吃槐花每年就那么几天，每年的这时候，我都想办法弄点槐花吃，吃槐花的时候使我记起我虽然在城里混碗饭吃，但仍是一个农民的孩子，家中还有年迈的爹娘和爹娘的几亩责任田。

一日，我和妻在集贸市场上买菜，看到一个卖槐花的摊位挤满了人，我一问，洋槐花五角钱一斤，我便打算买上几斤，可挤在摊位前的是几位年轻媳妇，无奈我只好在圈子外等待。妻催我快回家，我说，买了槐花再走。妻子走了，我便点着烟等待。一支烟工夫，槐花摊前散尽了人，我才看见卖槐花的是一位十六七岁的小姑娘，一双水灵灵的大眼睛，镶嵌在漂亮的脸蛋上，模样十分可爱。我问：“还有没有？”女孩子说：“没了。”看到我十分遗憾的样子，小姑娘说：“大哥哥，我家离这不远，不然，你随我到家，我给你摘。”许是小姑娘那双会说话的眼睛领路，我便骑着车随她走。路上，我和小姑娘攀谈起来，我得知小姑娘叫幸儿，初中毕业便不再上学了。我问她卖槐花的钱准备干什么？她神秘地说，她要做一件大事情，让我猜。我猜不出。她说，她攒够四百元就去外地参加一个文学笔会，她的一篇散文在外省一家杂志社举办的征文比赛中获了奖，她要登上文学的殿堂。我为幸儿姑娘的兴奋所感染。幸儿姑娘问我在哪上班，我报了工作单位。幸儿不相信，穿戴像个农村青年的我竟是个记者，又问了我的姓名。幸儿说，她在市报上读过我写的文章，便改称我为老师。

从集贸市场到幸儿的家有三里多地，十多分钟便到了，幸儿在树上摘，我在树下拾。幸儿的娘也来帮忙。幸儿对娘说，她请来的是一位会写文章的记者，也许幸儿娘不知道记者是干什么的，但她对自己的女儿充满了自信。她说，幸儿整天把自己关在屋里，写呀写呀，写好后装在信封里寄出去，我总盼着她写的登在报刊上，将来成为一个什么家。临走我掏出五元钱，幸儿不收，无论怎样就是不收。幸儿说，这槐花全当是交给老师的学费吧。幸儿娘也帮着说话，她的话纯朴，像我娘一样。我无奈，只得收起钱。幸儿说，她参加了文学笔会，一定向我展示她的获奖作品。我随便地鼓励了几句。幸儿把自己的文学梦寄托于槐花，而我却不能为她做些什么。文学，虽然高雅，但又是一个十分艰苦的劳动，哪有去摆个柜台或弄个小吃摊自在。做上十年生意，可以成为一个腰缠万贯的商人，但写十年文章，却要忍受十年的清贫。我不能对幸儿说出文学的寂寞，因我不能让她的文学梦破碎于一次卖槐花的邂逅。

是因为槐花，我认识了幸儿，是因为幸儿，我对槐花有了更深的感情。槐花你是圣洁的。虽没有丰富的果实，但却以自己的芬芳给人间以灵气。是槐花，也是幸儿，让我惭愧，我写过几篇不成器的文章，心里飘飘然，便不思进取。这使我觉得，我应该像幸儿那样，执着地追求。其实，写文章和做人都是这个道理。你以为然否？

姐妹亲

娇妮和珍妮是小时候的伙伴。

按辈分珍妮应该喊娇妮为姑姑。娇妮却不应，娇妮说，还是喊姐姐吧，喊姐姐亲。

有一天，娇妮爸爸听到珍妮喊娇妮姐姐，便大声呵斥说，珍妮不懂事，应喊娇妮为姑姑。但是没有别人的时候珍妮仍喊娇妮为姐姐。直到高中毕业。

娇妮参加工作，当上了某局的副局长。珍妮也参加了工作，在局里是一名主任科员。

逢年过节，两家时常有走动。有一次，珍妮到娇妮家串门，珍妮又喊娇妮为姐姐，娇妮的娘听到了。娇妮的娘劝菜，珍妮喝多了酒，大娘你别夹了，我自己吃，娇妮的娘说，这妮子，你该喊我奶奶哩。从此，不再与珍妮姐妹相称了，而是喊娇妮姑姑。

退休了，珍妮和娇妮的父母都不在了，两人各自闲着，没事时，就时常走动，两人仍以姐妹相称。

娇妮说，什么长辈晚辈，两人平辈，姐妹亲。

娇妮让珍妮的子女喊她姨。

珍妮的子女喊娇妮为姨。

两家亲如一家。

看到眼里怎么办

从饭店出来，立冬发现在回工地的路上有一家服装超市晚上九点钟还没有关门。

立冬没有像村里其他男孩子那样去南方打工，而是选择了跟大伯一起到县城建筑工地干活。拿不了瓦刀，也干不了重活，就开卷扬机。正在建筑的这个工地是一家私人的三层小楼。一层楼上梁那天晚上，主人请工地上所有人到饭店撮一顿，大伯他们喝了酒，立冬喝了一瓶啤酒。

立冬决定进服装超市看看，大伯说你不能进去。立冬说我进去看看。立冬在男裤区停下来，用手摸了摸裤子的面料，一看价钱，乖乖，一百六十元钱！一个女服务员过来，招呼他：“你想买点什么？”立冬结结巴巴地说：“俺看看。”女服务员说：“不买看什么看？看到眼里怎么办？”立冬口袋里没钱，很窘，立冬朝女服务员又狠看了一眼，小姑娘胸前挂着个店徽“19 号服务员”。立冬记住了这个号，逃似的出了服装超市。

发工资了，立冬领到六百元。不像大伯，大伯是大工，每天四十元，他是小工，每天只能拿二十元。拿到工钱立冬很兴奋，他跟大伯说，他要去那家服装超市买条裤子。大伯不让他去，说，那里卖的东西都很贵，是卖给城里人的。立冬不信，拿着钱就去了服装超市。19 号服务员接待了他：“又是来看看?”立冬说：“买裤子。”“一百六十元。”“给，一百六十元。”立冬试也没试一下，装在塑料袋里便回了。

回到工地，立冬发现他买的裤子正合身。但有人说就是价钱太贵了，咱一个干建筑活的，穿那么贵的裤子干啥？立冬小心地把裤子叠起来，放进自己的包里。

收了工，吃过晚饭，立冬洗了澡，换上新裤子，又去了服装超市。又是19号女服务员迎他："又来看看?"立冬说："买件衬衣。""19号"指着一件白衬衣说："这个是法国名牌，二百九十元。"立冬想也没想地掏出三张百元钞票。这回，立冬去了试衣间。他脱去自己身上那件旧上衣，换上新衬衣，从试衣间一出来，19号说："你应该再去做一下头发，弄个酷点的。"

立冬果真听从19号的，去发廊做了头发。别人理个头就三元五元，他又是吹又是烫，竟花了二十元钱。大伯说，你那是金头还是银头，花那么贵的钱，浪费。

干活的时候，立冬舍不得穿衬衣。收了工，立冬便换上新衬衣新裤子去那家服装超市。19号见了他十分欣喜，说："你真帅。"立冬听了心里甜丝丝的。有一个买服装的看到立冬穿得挺帅，把立冬当成超市的服装模特，在服务员的推荐下，也买了那款衬衣及裤子。

这家三层小楼竣工后，立冬又换过两个建筑工地，但每隔3－5天，立冬便去服装超市，后来就两天去一次，再后来是一天一次。有时候哪怕一个小时。立冬终于知道了19号叫欣欣，家也是农村的，在这家服装超市打工。他买的裤子及衬衣都是没还价，要是讨价还价，裤子六七十就能买到，衬衣也就八九十元，不会超过一百元。欣欣说："你是来看服装还是看俺?"立冬说："也看服装，也看你。"欣欣说："你把俺看到眼里怎么办?"立冬说："俺把你娶回家。"

一年后，花轿把欣欣抬到立冬家。

成了家的立冬不去建筑工地了，欣欣也不去那家服装超市了，他们在县城的一角自己开了家服装店。

（原载《安徽文学》）

老　酸

提起老酸，首先感觉到牙有点酸。

老酸上过初中，按说也是个文化人。文化人就是明白人，老酸就是明白人。老酸原不叫老酸，叫什么也没人考究了。有一天，他突然向众人宣布，他不叫原来的名了，改叫老栓。有人问，为什么改称老栓呢？是拴骡子还是拴马呢？他说，老栓这名字有讲究，但凡有文化的人起名字都有讲究。鲁迅小说《药》中有一个人物叫华老栓，如雷贯耳。电视剧《王保长》中有个财主叫李老栓，财大气粗。他叫老栓，就是给后人留下点文化遗产。人们就老栓老栓地叫开了。叫着叫着，就叫成老酸了。

老酸家底薄，三十岁还没有娶上媳妇。娘为他哭瞎了眼睛，老酸劝娘，命里有时终须有，命里无时莫强求！倒是娘不顾身体有病，四处托人给儿子说媒。媒人也都知道老酸的情况，有的干脆拒绝，有一次媒人给老酸介绍一个傻女人，把老酸给吓跑了。老酸说大丈夫今生难求妻呀！

老酸伺候好二亩责任田，闲时给人搭帮搞建筑，有时还与人一起去抬棺，每天能挣三五十元。抬棺给钱高，管顿饭，人家还给香烟。老酸就十块十块地积攒着每天的血汗钱。老酸说，他积攒到一定数目，会感动上天的。上天会派一位美丽的天使给他当媳妇。众人大乐，这才叫做梦娶媳妇呢！不，是大白天说梦话哩！

听人说，西坡集有个叫老拐的人，经常从外地拐骗些女人卖给本地人。老酸就去西坡集。可是，打听来打听去，就是不见老拐的踪影。最后，找到西坡集表亲戚家，亲戚告诉他，拐卖妇女是犯法的事，咋能明目张胆地打听呢？这个事他给留心，老拐一有消息，立即通知他。只是让他准备好钱。老酸问，得多少钱？亲戚说，大概万把块钱吧。

不久，亲戚过来说，老拐从云南弄了几个女人，让他带着钱去。老酸随亲戚去了。老酸看上了一个女孩，女孩大概二十岁，模样还俊俏。老拐伸出食指和大拇指，是“八”字状，意思是要八千元。老酸说，能少点不？老拐说，这能像集市上买牲口讨价还价？他还是第一次遇到讨价还价的。亲戚也帮着说话。老拐说，那就六千六百元，六六大顺，一分钱也不能少。老酸给老拐六千六百元，又给亲戚五百元，亲戚不要，老酸硬塞给亲戚了。老酸领着姑娘回家了。

到家后，姑娘问她干什么工作！老酸说，你是俺花钱买来的媳妇！姑娘叫玉兰，出生在云南大山沟里，听人说外边的世界很精彩，便与姐妹们一同出来闯世界，见见世面。在昆明火车站，让人以找工作为名骗到这里。玉兰说，大哥，你行行好，放了俺吧？老酸说，那不行，俺都行了多少年的好了，俺要的就是你的人。俺是比你大几岁，但你是上帝派给俺的天使，是俺的诚意感动了上天，俺不能失去你。当晚，老酸便和玉兰姑娘同床了。

老酸娶了媳妇也算是一件大喜事，有人提着贺礼来，老酸就央人请厨师，做烩菜，摆酒席，热闹了两三天。老酸说，他现在才体会到人生的快乐。

老酸待玉兰像对待妹子一样，好吃的让她吃，好穿的让她穿。玉兰也想通了，就每天早早地起床做饭，给瞎婆婆又端过去。瞎婆婆说，她看不到媳妇的模样，但知道媳妇是个好人。

玉兰说，她要回家看看，她想爸妈。老酸说，那不行，等生了孩子，我和你一起回娘家。玉兰偷着跑了几回，每次都被老酸找回。有人让老酸把玉兰拴着，老酸不干。老酸说，玉兰是大活人，咋能像拴牲口一样拴着呢？想跑，是她的自由。找回来是我的媳妇，找不回来是我俩没有缘分。可是，每次跑不多远，就被老酸追回来。每次追回来，老酸对玉兰不打也不骂，而是劝玉兰安心留下来。

不久，公安找上门，说是“打拐行动”，把玉兰解救到派出所。老拐被抓了，老酸及亲戚也进了看守所。老拐是涉嫌拐卖妇女罪，老酸亲戚是诈骗，老酸是收买被拐卖妇女。听说，要判几年有期徒刑。派出所给玉兰买了车票，玉兰回云南了。

几人被批捕后，公安局一直在调查。两个月后，玉兰回来了。

玉兰找到办案民警，又找了公安局领导，说她愿嫁给老酸，她要和老酸过一辈子。请公安局领导放了老酸。

老酸被公安机关取保候审。

老酸被放出来后，又积极找办案人员说，亲戚不是诈骗。不久，老酸亲戚也被放了出来。老酸问玉兰，你回去怎么又回来了呀？玉兰说，回去后，想着你进了看守所不用人牵挂，瞎娘谁伺候？况且，她已怀有几个月的身孕，想着老酸哥平时的好，就和爸妈商量，她要嫁到这里，爸妈也同意了，她把村里的证明信都开来了，要把户口迁过来，办理结婚证。老酸激动地抱起玉兰说，你真是我的小宝贝呀！

几个月后，玉兰生下一个男孩，满月那天，老酸摆酒席招待了全村的老少爷们。

给孩子上户口时，玉兰说，不能再用老酸的名字了。老酸说，改回来，改回来。

买来的媳妇跑了又自己跑回来，这事传的半个县都知道。

两块钱

二虎住的房子靠着街边。二虎把靠街边的后两间房屋从外边扒了个门，就改成两间门面房了。一阵噼噼啪啪的鞭炮，二虎的烟酒超市就算开业了。

早先农村有代销点，现在被二虎的超市所取代。二虎从城里批发些商品，回来零售，赚取个差价，二虎经营的商品种类齐全，烟、酒、方便面、火腿肠、食盐、酱油、醋等，应有尽有。二虎又买了个冰柜，专放速冻食品，水饺、肉丸等。

平日里二虎从城里买回商品后，哪个商品卖什么价钱告诉女人，就由女人当营业员。二虎又不误农活。

二虎的超市方便了村里老少爷们，自己也有收入。外出打工也挣钱，但二虎受不了打工的苦。在家干个超市，倒也乐哉悠哉。

村里人到二虎店里买东西，有时不带现金，或手头没有，便说，记账上。二虎的女人便在一个本子上写上，谁哪天买了什么，多少钱。并不用欠款人写下名字。

那天，村里的大奎到二虎的烟酒超市买东西，二虎说，大奎哥，本子里还有你一笔账哩。大奎问，什么账？二虎说，一包散花烟，两块钱。大奎说，自己从来没有赊过烟。二虎说，没赊过就算了，不要了。大奎说，我真的没有赊过呀。二虎说，要不改天，娃他娘回来，我再问娃他娘，她今天到孩子姥姥家去了，账是她记的。大奎闷闷不乐地离去了。二虎女人回来后，大奎又去了二虎家。大奎问，我赊账了吗？二虎女人说，你那天赊了一包香烟。二虎女人说，要是没有就算了，俺不要了。大奎说，我没有赊过，你就是不要，俺心里也不领情。大奎回家给女人说了，大奎女人一下子火了，俺男人没有赊过，凭啥说俺赊账哩。这不是欠钱不欠钱的问题，关系到一家人的脸面。大奎女人拉着大奎来到二虎家，大奎女人便和二虎女人干上架了。二人在路中间，相隔一定距离，相互指着对方叫阵。二虎女人说，欠俺两块钱，俺不要了，还来找碴！大奎女人说，俺男人从没有赊过东西，凭啥给俺记账？最后，两家都发了毒咒。大奎女人跪在地上，砰砰地磕了几个响头，说，老天爷看着哩，我要欠人家两块钱不还，出门让汽车撞死俺全家。二虎女人也跪在地上，说，我要是凭空记账，讹人家两块钱，天打五雷轰，老天爷让俺儿子死绝。

两家断绝了往来。

派出所邓警官到村里走访，村主任把大奎和二虎家发咒的事当乐子说了，引起了邓警官的兴趣。村主任说，你能破这个案？邓警官说，行。

邓警官到两家了解情况，大奎的女人哭得鼻涕一把泪一把，说，邓警官，俺被人讹两块钱，往后俺咋出门见人哩？大奎说，咱是五尺男子汉，能赊人家一盒烟不认账吗？我就是还那两块钱也没啥，问题是我没有赊过，落个臭名声不好呀！将来俺孩要娶亲，人家一打听爹娘是这种货色，俺娃咋弄哩！邓警官又到二虎家，二虎女人发誓，俺记得清清楚楚就是大奎赊了一盒烟，做生意要讲诚信，人家没赊欠，给人家记账缺德呀！

邓警官回派出所向所长汇报大奎和二虎家赊烟的事，其实这个事也不算事，更够不上案件。所长问，你有什么想法？邓警官说，只有一种可能，到年底可见分晓。

临近春节，大奎的弟弟二奎回来了。邓警官找到二奎。二奎一拍大腿，哎呀，是我赊过二虎家一盒烟，两块钱，我忘了，就出去打工去了。邓警官领着二奎来到二虎家。二奎说，嫂子，是我赊的烟钱，我忘了，请嫂子原谅。二虎女人说，你弟兄俩像一个模子刻出来似的，长得太像了，俺把你当成了你大哥，是俺冤枉了他。

二虎家放了场电影，说是给大奎赔礼道歉。大奎也放了场电影，说是洗清白了，自家高兴。

庄稼人讲的就是个脸面。

群众演员

虎子是跟着村里人一起到城里打工的。

虎子打工的地方是一个建筑工地。每天搬砖头，打灰浆，活累着哩！好在每天工钱五六十元。老板按月发工资，从不拖欠。每次发钱后，虎子就给爹寄回来，他让爹给攒着，留着给自己娶媳妇用。

虎子这家工地快要完工的时候，虎子还没有找到新的活，就在街上瞎转悠。在一个偏僻的地方，见到人头攒动，乱哄哄的。一问，原来是一个剧组为了即将要拍的电视剧，在招募群众演员。虎子问，他可以当群众演员不？人家告诉他，可以，每天工资三十元。次日，他按时赶到地方，按要求换上烂衣服，脸上还涂了些灰，弄得蓬头垢面。虎子与几十个人被领到一个地方喝粥。粥是用大米掺肉末煮的，每人一碗，虎子喝得挺香。施粥人问他好喝不？他说，好喝。

过春节时，虎子回到村里，向人显摆参加拍电视剧的事，说他和电视剧组的人如何地熟，通过他可以在电视剧中扮演一个角色。他还把剧组工作人员的名片拿出来给村里人看。村里人谁敢想在电视剧里扮演角色？正好，虎子演难民的电视剧是这年的贺岁大片，在春节期间热播。演到虎子扮灾民这一集时，大家看到虎子，都乐了。原来虎子是这样的倒霉相！虎子在电视剧中的表现令大家很失望。村里人这一群，那一堆的便议论起虎子，远远地看见虎子，便说“难民来了”。虎子被村里人喊成了“难民”。虎子刚处了个对象，女方爹娘也看到虎子演难民的这一集电视剧，认为虎子压根没有福相，要受一辈子穷。便不再让女儿和虎子交往。先前村里人的羡慕变成了鄙弃。

邻村一位老姑娘处对象挑剔得很，弄得高不成，低不就。一转眼便成了大龄青年，被人喊成老姑娘。老姑娘听说虎子演电视的事，便托人说合，和虎子处对象。虎子还正苦闷哩，没想到天上掉下个林妹妹。老姑娘是大了点，但是，在附近村里只要提虎子演过难民便没人愿意来往了。虎子心想，就将就点，娶老姑娘算了。可老姑娘说，她现在还不想结婚，让虎子也给她找个机会，在电视剧中也演个角色，哪怕是演要饭的也行。

老姑娘便跟着虎子到省城打工，虎子在一家建筑工地打工，老姑娘也进了一家工厂。没事的时候两人便聚一聚，说些知心话。老姑娘总催虎子，尽快联系在电视剧里当演员的事。虎子说，保证给你找到机会。老姑娘的话，对虎子来说，就是圣旨。下了班，虎子就借了一辆旧自行车，到拍摄基地转，打听有关招募群众演员的事。

功夫不负有心人，机会终于来了。一剧组要增加一个情节，一个革命党人被坏人追捕，逃到妓院，妓女掩盖革命党人的身份，使他安全脱险。就是说让老姑娘演妓女。老姑娘一听，傻眼了，整天盼着当一回演员，没想到盼来盼去却让演妓女。虎子便给老姑娘讲什么是艺术，什么是人生，什么是追求。虎子说，演妓女怎么了？演妓女就成妓女了？老姑娘一想，对呀！电视中演坏蛋的人就是坏蛋吗？况且，自己要演的妓女，是掩护一个革命党人。为革命事业，干！

在虎子的安排下，两人又在基地其他电视剧中扮演了数回的群众演员。

过足了当演员的瘾，老姑娘便和虎子结婚了。

每每回忆起当群众演员时，虎子和老姑娘都觉得很甜蜜。

体 检

某局领导班子想给大家搞福利，进行一次每年一次的体检，其中领导班子多一项是艾滋病检查。大家议论纷纷。

甄副局长曾因嫖娼被抓过。甄副局长甩出几千元钱，又托人摆桌酒席，终于摆平了此事。但是，虽说公安没有处罚，人们还是风言风语知道了这事。纪检委找甄副局长调查此事，甄副局长失口否认，纪检委不了了之。为了证明清白，甄副局长同意体检。

常副局长城府很深，依靠手中的权力，私设小金库，侵吞公款，养起了二奶、三奶。局里领导班子成员进行艾滋病体检，常副局长也表示赞成。因为不久前，常副局长在省城刚做过艾滋病检查，呈阴性。

而局里艾副局长发表了不同意见，说领导不能搞特殊，应与职工一样体检。再说，艾滋病检查一次要千余元，不如把钱发给个人谁愿做此项体检谁自己做。因为老伴下岗，又患病，手头紧，他想得点实惠。结果艾副局长的意见被多数人否定。

艾副局长因为有事，没有能参加艾滋病体检。

据说，检查出了艾滋病，卫生防疫部门会对病人秘密观测。

艾副局长因为担心有病，拒绝体检的消息传遍了全局。不久，纪检委找艾副局长谈话。正赶上换届选举，组织部门考核时，艾因不称职搁下了。

原来，谁给局长出个主意要搞掉艾副局长。那天，虽说抽了血，但县医院根本没有做检查，而在所有报告表上盖上“正常”条章。

再后来，人们想起来，体检那天是 4 月 1 日——外国人的一个什么魔鬼节日。

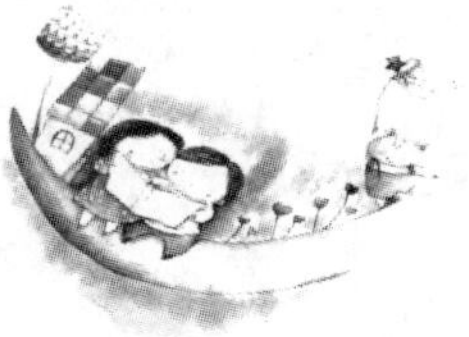

瞎　猫

局长家养了宠物狗、猫、鸟、小金鱼等。

狗猫鸟小金鱼等各种动物的特长赢得局长的兴趣。

在一次捕鼠战役中，猫的眼睛受伤了，成了瞎子，从此便成了瞎猫。

瞎猫是工伤，自然享受工伤待遇。局长照样给瞎猫从市场上买来罐头、火腿肠、小杂鱼等食品。

瞎猫不比病猫，病猫可以休假，而瞎猫没有。瞎猫照样坚持值班。尽管不能像其他宠物那样看看电视报纸，但可听电视新闻，打电话或上网找猫友聊聊天。要是几天不与猫友聊天，瞎猫就会很寂寞。实在太寂寞了，瞎猫便找老鼠聊天。老鼠们起初不敢。有一个胆大的灰鼠走近瞎猫，喊了声：“猫伯伯”，瞎猫甜甜地应了一声。老鼠们觉得瞎猫并不可怕，而是十分平易近鼠，便不再害怕了。

局长家的宠物要评选一年一度的劳模，大家一致认为瞎猫最合适，因为瞎猫的事迹最突出。经过整理，瞎猫的事迹便在《宠物报》上发表出来了。瞎猫被授予“捕鼠英雄”称号。

听说要召开“捕鼠英雄”命名大会，老鼠们也乐了，原来选出的战斗英雄是瞎猫。命名大会上，瞎猫又是披红又是戴花，还授予了一个勋章。瞎猫抚摸着勋章，脸上写满了自豪。老鼠们远远地跳着舞，拍手称快，祝贺瞎猫被授予“捕鼠英雄”的称号。

老鼠们纷纷提着礼物，恭贺瞎猫获得了荣誉称号。

老鼠们的话十分顺耳，瞎猫听起来很得意。有个叫小小的老鼠捋着瞎猫的胡须说："猫爷爷，你是我们心中的大英雄，就给我们讲讲你的英勇故事吧!"瞎猫很自豪地讲了自己的故事，大多是编的。瞎猫的演讲，赢得了老鼠们的一片喝彩声。

瞎猫对老鼠们讲，现在不是讲究和谐吗？只要你们不再危害主人的食物和衣物，我瞎猫会放过你们的。又让老鼠们起誓，老鼠们纷纷起了誓。

又有人送局长一只波斯猫，瞎猫在局长心目中的地位一落千丈，波斯猫处处欺负瞎猫。局长说，把瞎猫赶走吧。可怎么赶瞎猫也不走。瞎猫自豪地说，它还获得过"捕鼠英雄"称号呢！局长拎了棍子，一棍子打在瞎猫的腰上，瞎猫痛苦地叫了一声，跑了。

瞎猫从此成了流浪猫。

先　生

村里来了个年轻的算命先生。丁四的儿子考上了大学，李福的爹在台湾还活着且很有钱，杨水的媳妇最近生了个男孩，都算得不差丝毫。

先生自称是什么佛教学院毕业的，具有大专文化，并且是中国周易研究协会什么理事，知天下事，晓人间祸福，救人于危难之中，今云游到此。先生卦算得好，并且具有一副菩萨心肠，把算卦得的钱送给了瘫痪的李大爷。各家争着把先生请到家算命看宅地，备酒席招待。

李寡妇也把先生请到家，先生在李寡妇院里转了两圈，没有言语，扭头便走。

李寡妇追上去：“先生何故要走？”

先生无奈地摇摇头：“不便说。”

李寡妇恳切地说：“但说无妨。”

先生重新回屋落座。

先生正襟危坐。子丑寅卯，天干地支，掐指算来，如此这般，转入正题。先生说，大嫂，你家宅地凶。你丈夫死得不明不白，就在这附近向你索魂。妇人可有奸情望如实回话先生。

李寡妇浑身颤抖：“妇人愿讲实话，先生救妇人一命。”

李寡妇把和村中老光棍王勃通奸，勾结王勃害死丈夫，又告诉村人丈夫外出做工一直未归一事一并禀告先生。先生如此这般一番便走了。

李寡妇、王勃被传唤到派出所。

李寡妇见到神仙似的算卦先生如今警服威严，锐利的目光像两把刀子似要穿透她的心，早已筛糠不止。遂把和王勃通奸害死丈夫的事一并交代，派出所迅速找到李寡妇丈夫的尸骨。

小杨树的命运

春天，一棵小杨树被人移栽到田里。从此，小杨树便与麦苗为邻。

和风细雨，滋润着麦苗茁壮成长，也滋润着小杨树茁壮成长。

麦苗对小杨树说，你可要快些长呀。不然，我们成熟了，变成麦子，你就没有伴了。

小杨树对麦苗说，小伙伴，你们长的再怎么快，也没有我长得高呀！

麦苗不服气地说，生命的价值不在时间的长短和躯体的高低，而在于自己的生命对别人是否有价值。我们开展比赛吧，看谁先走向生命中的成熟。

小杨树说，那好吧。

小杨树每天拍打着自己嫩绿的小手，和着青春的赞歌。

麦苗可等不及了，抽了穗，便扬花。仿佛一个孩子马上就要变成成年人了。天气也一天天热起来，麦苗充分发挥叶片中叶绿素的功能，进行光合作用，吸进二氧化碳，在体内合成碳水化合物，吐出氧气。

籽粒一天天饱满，麦穗对小杨树说，我们的队伍已经集合好，马上就要走向农民的粮仓，我们可不等你了。

小杨树说，比赛才刚刚开始，不到半年，怎么就结束了？

麦苗五月天。几场热风过后，麦子已沉沉地睡去。

收割机轰隆隆地开过来了，麦子排着整齐的队伍走向了粮仓。

烈日炎炎下，小杨树耷拉着脑袋，没有麦子的陪伴，也没有了往日的欢乐。几株小草向小杨树呼喊，小杨树也懒得搭理。

为种植方便，农民用火机点燃了收割机散落地里的麦秸。风借火势，很快便从地这头吹向地那头。

小杨树感到灼热，生命备受煎熬。

小杨树说，小麦兄弟呀，你们也太狠心了。你们走后，也要用枝叶把我烤死吗？

一粒散落在土地里的麦子用沉闷的声音对小杨树说，你听说过煮豆燃豆萁的故事吗？本是同根生，相煎何太急！我们也不想烤你，是田里的主人让我们烤你，你不要怨我们呀。

小杨树说，那我就这么等死吗？

麦子说，能拯救你命运的只有你自己，用尽生命的力气，摇出风来，让火改变方向，或许会感动上天的。

小杨树感觉到自己就要死了。平时欢快的枝叶摇起来觉得有千斤重。但麦子的话让它感到生命最后一刻的希望。它使劲地摇呀摇。一会儿，风来了。又一会儿，云也来了。接着，便是一阵暴雨。地上的火熄了。

那粒麦子在土中呼喊，小杨树，你醒醒，你可不能这样睡去。你要一睡去，就再也回不来了。

小杨树仿佛听到来自天边的呼唤。可是，每一片叶子都被烤焦，连躯干上也是火辣辣的。

麦子对小杨树说，那就再从下边发出一枝嫩芽来。

小杨树用尽最后的力气，从基部奋力抽出一枝小嫩芽。

小杨树感到有呼吸了，仿佛在地狱中走了一遭。

麦子说，请珍惜生命吧！

小杨树觉得自己的生命不仅仅属于自己，同时归更多的生命所有。它努力地生长着。春去春又来，小杨树长成大杨树。夏天，田里人们劳作累了，便在杨树下乘凉。大杨树成为田里的一道风景。大杨树发掘了自己的价值。它每年春上都对麦苗说麦苗的爷爷的爷爷的爷爷的故事。

种瓜得瓜

瓜把式老王种的西瓜，不知怎地，长到半截瓜秧就死。人家种品种西瓜，他仍种本地西瓜。西瓜下来了，他站在集头上吆喝："西瓜甜哩，咱老王卖瓜不是自夸……"可他一亩地的收入还赶不上人家半亩，老王闷闷不乐。

老王从老伴包东西的一张科技报上看到科技报举办西瓜学习班的广告。他琢磨了几天，心想，说不定真是自己脑筋不管用了。种一辈子西瓜，还要向别人学种西瓜。他搭车到省城，学习七天。末了，在学习班讲课的教授又介绍了无籽西瓜的生产技术，老王就买了一包叫秋水碱的药回家捣弄去了。

老王要种无籽西瓜，村里人议论纷纷。有人说，他是有名的瓜把式，咋老了不中用了呢？有人说，种西瓜不结籽，那才怪呢？不结"籽"靠什么传宗接代呢？还有的婆娘说老王咋净干些断子绝孙的事呢？老王什么话都听了，不恼也不气，他心中有数，他相信科学。

还不到清明，老王就育上了瓜苗。不久，栽到地里，盖上地膜。一个品种种一垄地。老王在西瓜秧苗上抹了秋水碱药水，西瓜秧一个劲地长。开花后，老王拨开花蕊，进行人工杂交，然后用纸袋子把花套住，西瓜就一天天长大。

老王按品种收了瓜。开园那天，正好乡长来检查工作，老王请了乡长、村干部美美地吃了西瓜。吃过瓜，人们才意识到这瓜有籽呀！说不定老王骗人呀！老王把瓜籽收起来，神秘地说："明年就变成无籽的了，往后，我年年种无籽西瓜。”

冬去春来，老王又种上了西瓜，瓜苗一天天长大，西瓜一天天接近成熟。老王心里越来越不安。他想，要是这瓜还有籽呢？

这是一个令村民惊讶的日子。老王摘下几个早熟的西瓜，请乡亲们品尝。一刀下去，露出红沙瓤，一籽一籽的，饱含着糖分，没有籽，只见一个个似籽的白泡泡。吃到嘴里，味道美极了。久久地，村民们眼中多出了一个惊叹号。

老王用不着在集上吆喝着卖西瓜了。他的西瓜刚摘下就被莲花宾馆用小汽车运走，供外宾及客人享用，而且价格特好。

老王成功了。他用杂交法生产的种子让村邻都种上了无籽西瓜。村子成为有名的西瓜种植专业村，靠种西瓜全村脱了贫，市里召开致富经验交流会，把老五请到主席台上，他说：“还是那亩死秧瓜给我下的决心哩。”

生日贺卡

一天，我去邮局寄信，书写信封的时候，一位十二三岁的小女孩一直看着我。她手里捏着一张生日贺卡。我把信投进邮筒要走的时候，小姑娘鼓起勇气，说："叔叔，你的钢笔借我用一下，好吗？"

我递过去钢笔，静静地等待着小姑娘书写。然而小姑娘却迟迟不动笔。小姑娘恳切地对我说："叔叔，请帮我写一下信封。"

我问小姑娘几年级了，会不会写信？小姑娘说她上初中一年级了，会写信。我又问她，会写信封为什么不自己写呢？小姑娘眼里浸满了泪水。

小姑娘说，爸爸和妈妈因为一位阿姨离了婚。离婚后，她跟着妈妈生活。爸爸妈妈都没有成家。她很爱妈妈，也很爱爸爸，很想让爸爸再回到家中，让爸爸抚摸她的头，给她讲故事。明天是妈妈的生日，她想以爸爸的名义给妈妈寄一张生日贺卡。

我望着她天真而又忧伤的面孔，想安慰她几句，可语言显得那么苍白。

我帮她写好生日贺卡，交给她。

"祝你妈妈生日快乐！"我说。

"谢谢你！叔叔。"小姑娘举手向我致以少先队员的敬礼。

小姑娘满意地走了。

小姑娘的爸爸妈妈能理解她的做法吗？我想。

监督员

乡政府机关有个食堂，炊事员是从农村找的。平时乡干部在这儿吃个家常便饭还凑合，上级检查或来客招待，办公室主任都安排在酒店里。

乡政府附近新开一家大酒店。听说光室内装饰就花去十几万元，气派着哩！开业那天，大酒店李经理宴请了社会各界名流。李经理好风光。送走各方神仙，专等以后到他酒店关照。

李经理上街买菜。卖豆腐的赖伍爷拱手说，生意发财。李经理笑笑，发财发财。赖伍爷说，打几斤豆腐不？细嫩着哩！李经理说，豆腐菜上不了大席面，不打。就走了。赖伍爷气得撅起了山羊胡子，朝着李经理的背影骂，有几个臭钱不知天高地厚哩！

“豆腐菜上不了大席面”成了赖伍爷心中的疙瘩。赖伍爷想，连主席都喜爱吃豆腐，你小子敢瞧不起我的生意。咱走着瞧！

每天上午，赖伍爷早早地收了豆腐生意，便蹲在大酒店附近数着进大酒店的乡干部。

几月几日，十七名乡干部到大酒店喝酒；

几月几日，砖瓦厂厂长宴请了税务所所长；

几月几日，吴副乡长醉得一塌糊涂；

几月几日，司法所所长被当事人某某请到大酒店喝酒；

……

书记、乡长听到传言后，大为恼火，追查传言的来源，竟是卖豆腐的赖伍爷散布的。有人问赖伍爷，你咋知道得那么清楚？赖伍爷说，我每天在小本本上记着哩。赖伍爷早年参加过抗美援朝志愿军，负过伤，至今腿上还留着美国鬼子的弹片哩。

于是，乡政府召开全体干部职工会，规定中午一律不准进大酒店饮酒。想喝酒卷起被卷回家去。

大酒店生意迅速萧条下来。等李经理弄明白怎么回事，后悔自己不该说那么一句伤赖伍爷心的话。他提着礼物，找到赖伍爷：老爷子，都是我不好，伤了您老的心，您老别往心里去，大人不计小人过。走，咱爷俩到我那儿喝几盅去，我请客。赖伍爷说，小子，冲你这句话，我心里舒坦了。礼物你还提走，喝酒也免了。

乡政府为节约开支，把机关食堂加以改造，聘请了一名厨师，来客招待一律在机关食堂。

年底，上级目标考核，要求乡政府必须有廉政监督员。赖伍爷成了书记、乡长心目中的理想人选。

赖伍爷从书记手中接过大红聘书，激动地滚下两行热泪。

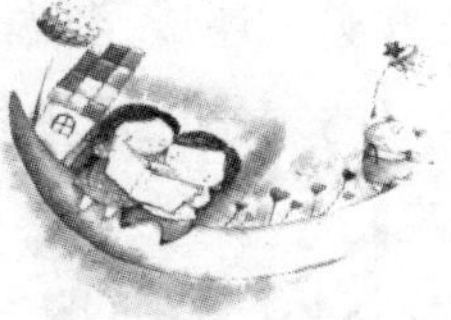

设　局

钟科长和时科长打赌，下班前两人谁的手机先响，就由谁请大伙到饭店撮一顿。大伙看着二人，静静地等待。局长通讯员小郭风急火燎地跑来，说局长打钟科长电话，钟科长不接，让钟科长和时科长去局长办公室。原来，钟科长的手机按了静音，即使来电话，也不会响。而那一会儿，时科长确没有电话打过来。众人一看钟科长和时科长走了，也就散了。

钟科长在单位是个十分快乐的人。与人开开玩笑、打赌、下棋等赌个饭局，大伙也都乐于跟着吃一顿。有一次，时科长请客，没有喊钟科长，钟科长让单位女同事半夜往时科长家打电话。一回也就算了，每天晚上都有人打电话，而且是娇滴滴的声音，便引起了时科长爱人的怀疑。两口子的关系迅速恶化，由打斗发展到要去法院离婚，连锅都摔了。钟科长出面了，每天做二人的思想工作。直到时科长的爱人求饶了，不再提离婚的事。因为钟科长每一次来家都带了人，每顿饭要花二三百元。为招待钟科长，家里已花去两千多元。花的钱让时科长的爱人觉得心痛。

有人说钟科长城府很深，钟科长整天出入饭局，革命的小酒天天饮，但没有醉过，更没有出过丑。不像张副局长一次醉酒后，看到饭店服务员就从后面抱，让人臭骂了一顿。所以，钟科长在单位人缘好。每次调级什么时，钟科长从不伸手，都是让局里其他同志先解决。

局里一名副局长面临退休，需要从下面选拔一名副局长。钟科长、时科长都是副局长考察对象。只是时科长的背景有点复杂，听说有亲戚在市里当什么领导，能给他说上话。这时候，钟科长被人举报到纪检委，说是私设小金库，中饱私囊。这期间，时科长在局里十分活跃，时常请人吃饭，与人打招呼态度和蔼可亲，就像当了副局长一样。纪委的同志查来查去，钟科长非但没有违纪的事实，还成了廉洁从政的典范。纪检委发出了号召全市干部向钟科长学习的规定，市里报纸、电视台记者又来采访，钟科长的事迹变得家喻户晓。

组织部门的任命终于下来了，钟科长的下属小于副科长升任副局长，钟科长调开发还当一名副主任，也是副局级。而时科长却因为与一女同事关系暧昧，闹得沸沸扬扬，被停了职。

举报钟科长的正是钟科长自己。报纸、电视台记者也是钟科长请的。让钟科长不解的是，自己精心设计的局，怎么中了别人的局？看来，只有小于副科长，不，是于副局长能解这个迷了。

仅仅因为一句拜年话

说起来大壮的爹和大仓的爹一个爷，大壮和大仓还是一个老太爷的叔伯兄弟。二家门第近着哩。

大壮兄弟三个，依次为大壮、二壮、三壮。

大仓兄弟二个，大仓、二仓。

初分生产队那些年，因为家务事，大壮的爹和大仓的爹吵过架，有些不和，后经族人调解，暂时平息了，但在两家人的心中都留下了阴影。那时候，大壮兄弟几个已长大，大仓兄弟还小。后来，大仓上学，考上了一所大专，毕业后在乡政府机关当干部。

当了干部的大仓，并没有使家中与大壮家的关系得到改善。大仓的爹因为有个当乡干部的儿子，便不再忍气吞声，大壮因为有了几个如狼似虎的儿子，对大仓家也不示弱。大仓的爹与大壮的爹时而骂上几句。因为吵骂的次数多了，村干部也懒得管了。

每到春节，是乡下人最高兴的日子。家家户户忙着办年货。这些年，生活好了，家家像比着过似的。大年初一，你到我家拜年，我到你家拜年，晚辈给长辈说拜年话，祝福长辈健康长寿。应该到谁家去，必须到谁家去，一般家长都刻意安排自家孩子。拜不拜年，显示相互间的亲疏。

大仓每年正月初一到大壮爹住处，给大壮爹拜年。而大壮兄弟几个并不领情，还是不去给大仓爹拜年。

过了初一，就相互走亲戚。一般是外甥去姥姥家。初二，大仓的表弟来了，大仓的表弟在外地打工，也混得人模人样。大仓摆酒，喝酒期间表弟得知大仓到大壮爹家拜年，而大壮兄弟几个不到大仓爹处拜年。酒后的表弟大话连篇，说我去问问大壮表哥为啥不给俺舅拜年。表弟和大壮也认识。表弟去了大壮家，得知是兴师问罪来了，大壮说，这里哪有你说话的分。再不走，我就不客气了。看到大壮表哥手中的扁担，表弟灰溜溜地跑了。大仓唯恐表弟惹事，想到大壮家阻拦，没想到大壮不给面子，一下子便惹火了。大壮兄弟几个听到吵架立即赶来，大仓的爹也来了，推着推着，不知怎么大仓和爹便被打倒在大壮院子里。不知谁拔了110报警电话，派出所民警一会儿便到了。派出所民警先把伤者送往医院抢救，大仓满脸是血。经医生诊断，大仓门牙打掉二颗，大仓爹鼻骨骨折，二壮二根肋骨骨折，均构成轻伤。派出所以刑事案件进行立案侦查。不久，派出所对参与打架的人批准刑事拘留。大仓说，我没有打二壮。民警说，二壮的伤是自己打的吗？大仓觉得亏，大壮家更是硬，两家均不同意调解。这事只能由法官去审判吧。

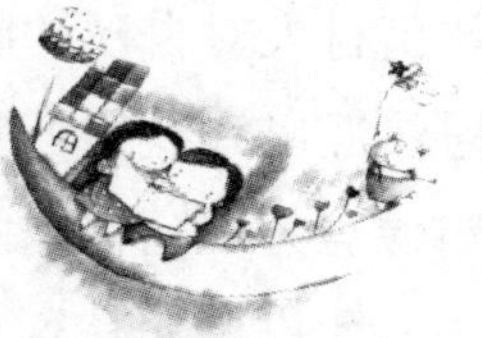

而立之年

1975年8月，豫东发洪水，抗洪娘生下了抗洪。

为体现这一年的纪念意义，抗洪爹便给孩子起了抗洪这个名字。

那时节，每家都很苦。抗洪家全部家当一担子便挑了——百十斤麦子和薯干，两件破棉袄。抗洪娘舍不得吃白面，抗洪爹天黑去偷生产队的春红薯，就几块，有小拳头那么大，月子里的抗洪娘吃得香甜。可是，有一次，生产队里点名，正好抗洪爹偷红薯还没有到家，被生产队干部逮个正着，抗洪爹被公安送到县上，蹲了一阵子班房。提起这档子事，抗洪爹一脸自豪，为了抗洪娘，值！

一转眼，抗洪长成了大小伙子。抗洪也隔三差五去邻村偷东西。因名声不好，一直找不到对象。有谁家闺女愿嫁给个贼呢？抗洪索性一直去偷，偷了东西卖成钱，喝酒打牌，输了再去偷。终于，抗洪因盗窃被公安人员抓走。抗洪和几十个人一起被五花大绑在县城亮相，公开逮捕。抗洪爹看到汽车上五花大绑的儿子，想起了自己也曾因偷窃被捆过，蹲过班房。

抗洪从台下无数双眼睛中看到了爹爹，抗洪的眼中闪过一点念头，爹能救他，他要抓住爹爹这根救命的稻草。

抗洪给爹写了信，托人从看守所捎出来，信上说让爹给他请个律师，律师能帮助他说话，抗洪爹变卖了家中的麦子、玉米，凑齐三千元律师费，交给律师。法庭上，尽管律师百般为抗洪辩护，但法官还是将抗洪判了三年有期徒刑。抗洪被送去劳改。一年三百六十五个日子，三年就是一千零九十五个日子。当日子像大树上的树叶一片一片掉完时，抗洪一身的轻松，他刑满释放回到家中。可是，爹爹因患病已去世，娘哭抗洪哭瞎了眼睛。抗洪趴在爹的坟上哭了整整一天。

抗洪从村人异样的眼神中看到那是村人对自己的瞧不起，便只身去了南方某个城市，经过一番打拼，居然混出人样来。几年后，带个女的回到家里。村人听说抗洪娶了个城市漂亮媳妇，都来瞧热闹。抗洪说要接娘到城市享清福，娘说她哪也不去，死也要死在家里。抗洪给娘翻盖了房后，宴请了村邻，还放了两晚上电影。村上有几个小伙子要跟着抗洪去打工，抗洪就带了村上的几个小伙子。有人问抗洪，到底干什么职业，每个月能挣一千多块钱？抗洪说，当保安，穿公安制服，戴大盖帽，腰挂警棍，神气着哩。

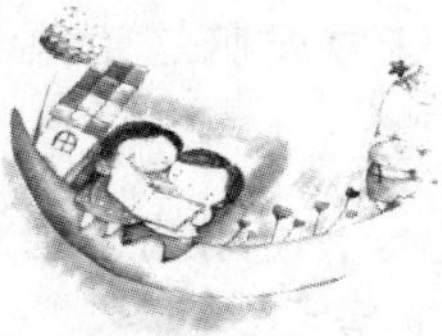

豆腐婶

每天，豆腐婶早早地把盛豆腐脑的油桶挑到镇菜市场上。

菜市场热闹着哩，卖肉的卖鸡鸭的，卖青菜的……镇上的人就把货物摆在铺子门前，没有铺子的就摆在路边。集市从早上五点多钟就有人影晃动，到中午十点左右歇集，赶集的人们便在路边买上几根油条，或一盘包子，盛上一碗稀饭，或者一碗豆腐脑。豆腐婶就把豆腐脑挑子和卖油条、包子的放在一起。

豆腐婶每天辛苦着哩。头天把豆子泡上，夜里起来磨豆子，滤出浆水，旺火煮，再加上石膏水，盛入油桶中，每天便有 30—40 元的收入，供孩子上学和补贴家用。

这天，豆腐婶的摊子前来了一个西服革履的年轻人，尝了豆腐脑，连声夸奖，问豆腐婶，愿意到城里宾馆做豆腐脑吗？豆腐婶说愿意。讲好每月工资一千元，豆腐婶便到了县城宾馆。再不用日晒雨淋了，不用叫卖豆腐脑了，豆腐婶觉得自己到了天堂。穿西装的年轻人是县城宾馆的经理，他给豆腐婶说，把豆腐脑开发成一道菜，最好是让客人能看得见。不久，宾馆便推出了一道新菜——多味豆腐脑。在一个空钵里倒进豆浆水，一会儿，豆腐脑便凝结了，客人想吃甜的加点白糖，想吃咸的有咸豆。这道菜一经推出，便在小县城勾起人们的食欲。想着豆浆汁是如何制成豆腐脑的，都想亲口尝一尝。经理向客人介绍这道菜时，把他如何研究成功多味豆腐脑天花乱坠地胡侃一通。至于有人想学学回家做，经理说，对不起，这是本店的商业机密，概不泄露。

经理外出，轮到豆腐婶向客人介绍豆腐脑。客人询问是如何制作的，豆腐婶先是不说，人家许诺给五百元时，豆腐婶便把制作方法说了——把点卤水用的石膏换成葡萄糖水。

很快，另一家宾馆也推出了多味豆腐脑这道菜。经理回来后问清咋回事，便把豆腐婶开除了。

那家仿做豆腐脑的宾馆因掌握不了使用葡萄糖水的浓度和火候，做出的豆腐脑很难吃，很快便撤了这道菜。

宾馆经理还是一如既往地向客人推介多味豆腐脑，从北京来的几个著名演员品过，还一直夸赞呢！

只是豆腐婶回到小镇上去，又重复她卖豆腐脑的日子，但生意却大不如前了。

福　相

办公室王主任随朋友去一家夜总会消遣，碰上张副局长。王主任热情地打招呼，可张副局长理也没理。出门时，王主任又见到张副局长，和他搭讪，张副局长一开口，王主任就明白，这人是外地客商，和张副局长长得很像。王主任说外地客商很有福相，像自己的一个朋友，有意结交。外地客商也豪爽，相互交换了名片。

没几日，王主任请外地客商吃饭，酒后请外地客商到一家宾馆。用张副局长的名字开的房间。夜里，一女青年溜进外地客商的房间，完事后，女青年准备拿钱走人时，被巡逻队员发现。带到了派出所，做询问笔录时，外地客商报了张副局长的大名。所长宣布对其做出拘留十五日罚款五千元的处罚。外地客商从包中掏出六千元现金，对所长说，别拘留了，这些钱拿去给弟兄们喝茶。全当给我张副局长一个面子，以后有用得着我的地方言语一声。张副局长在市里也是有权部门的人物。所长想，说不定以后也有用得着他的地方，就放了假张副局长。

张副局长嫖娼被抓的事，不知怎么被纪检部门知道了。纪检委的人找派出所的民警调来处罚材料，又问了宾馆服务员，宾馆服务员也认识张副局长，查住宿登记簿，那天确实是张副局长登记开的宾馆。纪检委的人找张副局长了解嫖娼的事，张副局长矢口否认。但对那天的活动情况却怎么也讲不清楚。张副局长家人证明那天晚上张副局长确是一夜未归。纪检委对张副局长做了行政处理，给予党内记大过处分。正赶换届选举，张副局长因嫖娼的事被局里传得沸沸扬扬，张副局长的威信大跌。

办公室王主任成为了副局长人选。经过组织部门考核，王主任接任张副局长成为了王副局长。

升了职的王副局长宴请外地客商。酒后，王副局长送给外地客商一件礼物，是一粒子弹。外地客商立即明白什么意思。不久，外地客商收拾收拾便回去了，生意交他人打理。

是自己的长相惹的麻烦，外地客商不甘心王副局长的对待，就向有关部门举报。经查证，那天派出所抓的不是张副局长，而是由外地客商假冒的张副局长。王副局长被纪检部门给予处分，但还是副局长。

外地客商嫖娼的那晚，张副局长到底干什么去了呢？他不愿意说，只能让人猜去。

欠　条

张二和李三是邻居，俩人光屁股一起长大，好得像一个人。

张二结了婚，李三也结了婚。两家依旧亲密往来。

一日，李三携款去南方某城市做生意。夜晚，宿一家旅社。睡意朦胧中，有人敲门。李三打开门，闪进一身着薄如蝉翼轻衫的妙龄女子。女子轻佻地说："大哥好寂寞，要不要和小妹玩玩?"李三早听人说过，那城市开放的很，便明知故问："玩什么?"女子往李三身边靠了靠，说："大哥真不明白还是假不明白?"李三似乎明白了："玩一次多少钱?"正讨价还价时，几个身着制服的人推门而入。一个人指着李三说："你好大胆，调戏我老婆，到派出所去，让你蹲大狱。"拉起李三就走。李三争辩说："我没有，我没有。"几个人还附和着说："捉奸捉双，深更半夜孤男寡女做什么好事？说，是公了，还是私了?"李三问："公了怎么着？私了又怎么着?"那人说："公了，到派出所，治你的罪。私了嘛——拿两千元补偿费。"李三明白中了人家的圈套。还是私了吧，就交出两千元钱，灰溜溜地回了家。媳妇问，生意做得怎么样呀？李三说，生意没得做。媳妇问，本钱呢？李三说，借给人家了。媳妇问，借给谁了？李三随口撒了个谎说，借给张二哥了。

李三媳妇问了张二，张二哥，你借我们家钱了吗？张二说，没有呀。李三得知后，找到张二说，张二哥，你就说借我家钱了，行不行？反正咱俩心里清楚。李三、李三媳妇、张二六眼对账，张二承认借李三两千元钱。李三媳妇说，咱亲是亲，钱财要分清。你借我家钱，打个欠条吧？

张二看了看李三，李三点点头，打吧。张二就写了欠条。李三媳妇将欠条收藏了起来。

后来，李三患了肝病，治病需要钱，李三媳妇拿着欠条，找到张二，向张二讨钱。张二说，我不欠你家钱。李三媳妇说，你不欠我家钱，给我打什么欠条？张二媳妇知道了，拉着张二，到李三病床前问个究竟。张二看到病床上的李三，没有说什么，承认欠了李三钱。回到家，张二媳妇问张二，你借李三钱用啥子地方了？问急了，张二说，赌钱赌输了。张二媳妇骂，你个砍脑壳的，做什么不比赌钱好，如今拿什么还人家？

张二媳妇一气之下回了娘家。几天后，她拿着从娘家借来的钱，还给李三媳妇，讨回了欠条。

李三虽经治疗，因到了肝癌晚期，还是没有留住，死了。

李三媳妇成了寡妇。寡妇年轻，又没有带孩子，说媒者时而有之。李三媳妇择一家庭优越者另嫁。出嫁前，李三媳妇让男方拿两千元钱出嫁钱，男方拿了。李三媳妇拿着两千元钱，还给张二两口子，说，二哥二嫂，李三临终前，什么都告诉俺了，你不欠俺家钱。在李三病房中，二哥二嫂送两千元钱，俺心里非常感激。这两千元钱，李三让俺一定还上，不然，他九泉之下会不安的。

张二已是泪流满面：我的好兄弟……

张二媳妇却不明白，这到底是怎么回事呢？

放电影

村里黑黑家的猪被人偷去。一头猪值千把块元，黑黑甚是心痛。黑黑将村里手脚不干净的筛了个遍，便觉得刚从劳改场回来的狗狗可疑。狗狗因盗窃被判刑三年。黑黑想，为什么你狗狗没回来前，村里没一家被盗呢？

黑黑找到狗狗，问：狗狗，你见我家的白猪了吗？狗狗说，你家的猪怎么了？黑黑说，我家的猪不见了。狗狗说，你家的猪不见了，为什么问我？黑黑说，问问你怎么了？连问都不能问吗？狗狗说，黑黑哥，你是不是怀疑我？黑黑说，这么说，就是怀疑你。狗狗说，要有证据。黑黑说，啥证据不证据的，你做贼心虚，走，咱去见九爷。九爷听了各人的理由，也拿不了主意。黑黑说，就是你，就是你！狗狗说，要不是我呢？黑黑说，不是你也是你同伙干的！狗狗强忍着泪水，说，黑黑哥，说话得论理，要是俺没有参与呢？黑黑说，要不是你，我在村里放三天电影为你恢复名誉。狗狗回来三个月，娘托人说了媒，重礼把亲事定下了。狗狗担心要是女方知道自己又做了什么事，那婚事边吹了。最后，九爷说，你们到乡派出所去，那里是断案的地方。

黑黑说，敢吗？狗狗说，哪个龟孙不敢？去就去。到了派出所，民警分别询问了黑黑和狗狗。问毕，让每个签名画押。完了，黑黑和狗狗一同走出派出所。黑黑问民警，为什么把他放了？民警说，要调查调查，没证据不能随便关人。黑黑说，我就是证据。民警说，偷去的是你家的猪又不是你，你怎么是证据呢？回吧，回吧。

俗话说，好事不出门，坏事传千里。狗狗被人怀疑偷猪的事不知怎么被女方知晓了，女方让人捎回话，婚事告吹了。狗狗一时气恼，要和他黑黑拼了去！狗狗娘死死地拉住狗狗，说，你难道大狱还没有住够吗？娘的话如一盆凉水当头浇下，狗狗清醒了许多。狗狗趴在床上哭了半天，娘劝他说，派出所调查清楚后，不会冤枉一个好人的。

又一日，派出所的警车开进村里，停在黑黑家门口。民警对黑黑说，你家的猪被人偷去，不是狗狗干的，是另一个盗窃团伙作的案，人已经被刑事拘留。并让黑黑写了领条，民警将追回的卖猪款退给黑黑九百多元。黑黑当下叫妻弄菜摆酒。民警说，罢了，我们是有纪律的。便走了。

黑黑和狗狗几乎同时到九爷的家。黑黑来告诉九爷，他家被盗，派出所将案子破了。狗狗说，九爷，既然黑黑家的案子破了，黑黑先前说放电影为他恢复名誉的事也该兑现了。九爷问黑黑，放不放电影？黑黑说，放，吐到地上的口水不能舔起来。九爷问狗狗，还有什么意见？狗狗说，放双片的，三个晚上。黑黑讨价还价，一个晚上行不？狗狗说，不行。不然告你诬陷罪，也让你尝尝坐牢的滋味。黑黑点了点头。

村人早传开了黑黑放电影为狗狗道歉的事。黑黑请来了放映员。虽然现在农村也有了电视，但没有看电影时人多，看得过瘾。往树上绑银幕的时候，村人早早地搬了板凳，占了位置。外村人只能站在外边看。晚上八点钟，电影开始，九爷、黑黑、狗狗都坐在放映机前正中的位置上，狗狗特意给娘占了个好位置，对娘说，这是特意为儿子放的电影。放映前，放电影的请九爷讲几句话。九爷说，让黑黑讲。黑黑对着话筒说：“各位乡亲老少爷们，我黑黑家的猪被人偷去，我怀疑是狗狗干的。后来，派出所破了案，将追回的猪款给了俺。这事与狗狗无关。俺向狗狗道歉，为他恢复名誉，俺放三个晚上电影……”高音喇叭传出几里外。外村的听到后也有赶来瞧热闹的。

果然，电影连放三个晚上。

黑黑说，放三个晚上电影，俺的半个猪没了。狗狗说，俺的媳妇没了。但颇为自豪。

后来，九爷让狗狗备了四色礼，领着狗狗去了女方家。其实，女方也后悔不该轻率地退婚，只是没有台阶下。如今九爷出面，九爷是附近村上响当当的人物，女方顺水推舟，给了九爷面子，狗狗的婚事又成了。

此事不知怎么传到县上，县上一位爱投稿的通讯员编成文章，登在了市报上。再后来，狗狗便娶过媳妇。

狗狗说，还真得感谢黑黑的那三个晚上电影呢！这已是后话了。

竞选村长

泥鳅连选为小丁庄村村长了。

铁蛋联合二十名村民向乡党委揭发泥鳅违反选举法，在选举中的舞弊行为和村里财务混乱问题。在选举前，泥鳅分头动员拉选票。在选举时泥鳅代表村民填写九十九张“委托”票。铁蛋自荐当村长。

乡纪检委立即派人调查，铁蛋反映的情况基本属实。乡党委决定，选举无效，重新选举小丁庄村村长。

重新选举村长的消息不啻给小丁庄投下一枚“炸弹”。小丁庄村民对村委会意见很大，村委会在去年夏季公粮提留中加五十斤提留，说是维修学校和办电。结果学校依然漏雨，说办电连电线杆的影子也没见。老党员丁头儿向乡里反映过泥鳅村长财务不清的情况。乡里也派人调查了，结果不了了之。后来党支部开会也不让丁头儿参加了，说是照顾他，年龄大了。村民对泥鳅村长敢怒不敢言。

重新选举村长的消息使泥鳅十分窝火，已经当选为村长，没想到让铁蛋这小子给搅黄了。泥鳅立即召开“捧捧场”，以许诺宅基地，给计划生育指标等条件让大家“捧捧场”，到选举时多选他几票。泥鳅特别关照狗娃、劣货、黑孩等人，说是他选上了村长，对大家都有好处。

狗娃说：“泥鳅哥，请放心，我保证让叔伯婶子大娘能选你三四十票。”

劣货说：“泥鳅哥，我保证俺亲近的人都选你。”

黑孩说：“泥鳅哥，我要对不起你我是个儿。”

泥鳅心中忐忑不安，狠狠地说："铁蛋呀，铁蛋，我看你有多大能耐，我选上村长让你趴在我跟前叫爷。"

铁蛋前年复员回村，自筹资金办了化工厂，产品畅销省内外，泥鳅早想让铁蛋将化工厂归村里，或让他入股，铁蛋没有答应。

乡党委张秘书主持选举会议。张秘书讲了竞选村长的条件，让竞选者发表演说。

泥鳅说："我当村干部也十来年了。工作中也有成绩，也有缺点。当然成绩是主要的。对老少爷们是做了一些事情的。完成上级领导交办的各项任务。如果我还选上村长，我一定团结村委会成员，在党支部的领导下，把村里的各项工作做好。"

铁蛋站起来讲了他的施政纲领。他说："大家选我当村长，我保证在不增加提留的情况下，为乡亲们做几件实事。一、保证三月内使村里通电；二、建一所一流的农村小学，使我们的后代成为有知识的人才；三、在任期内发展十项乡镇企业；四、村委会对农机实行配套管理，减轻大伙的劳动强度；五、建立农民退休金制度，对全村六十岁以上的老人保证每月领取一百元退休金……"

会场上热热闹闹的，人们议论纷纷。狗娃激动地站起来，问铁蛋如何实行任期内的几件事，铁蛋说："把我家的化工厂交到村里，扩大生产规模，扩大就业，以化工厂为龙头，发展乡镇企业。"

铁蛋的声音被一阵掌声淹没。

张秘书核实了参加选举的人数后，给每个村民发选票。刚好一千人。经大伙推选唱票人，监票人，计票人。选举结果铁蛋以九百九十八票对泥鳅二票的绝对优势当选为村长。张秘书宣布选举有效。

和泥鳅关系不错的狗娃、劣货、黑孩等人都对泥鳅说选了他一票。泥鳅笑着说："谁选我两票，我心里最清楚。那是我和我老婆。"

泥鳅笑了——笑得很苦。

铁蛋笑了——笑得很甜。

名 誉

村里辈分最长的老丁头死了。

老丁头在村里人缘很好，活到九十多岁。更重要的是老丁头的儿子在县城当局长。村里大多户人家都去烧纸份子。

老丁头的后辈们请了本族年长的，商量后事怎么安排。预计来客多，决定厨房由本村厨师林和在县城宾馆掌勺的相共同掌锅。

林的手艺是跟爹学的。方圆三里五里，谁家有了红白喜事，请厨师都请林和林爹。林爹死后，林自己应付一二十桌客人也不在话下。使林出名的是一次乡党委书记来检查工作，中午“四菜一汤”。林端上一盆乡下“席面”必不可少的杂烩菜，书记吃得津津有味。林出去解溲时，蹲在地上，顺手掐了把红薯藤。剥了皮，回屋过油一烧，冲成一个汤，乡党委书记都没有吃出是什么菜。从此，林名声大噪。

相和林同村。相在部队学习了厨师，取得了二级厨师证书。退伍后到县城宾馆里掌锅，每月工资一千元，令乡下人眼馋着哩。老丁头的家人请回了相。其实，用不着请，相也想在局长父亲殡葬的宴席上露一手。

相把切菜、改刀、过油等粗活累活都交给了林，林也不吭气，只管干活。

村人总想见识见识相的手艺，议论着相在城里一天挣多少钱。十天的工钱便抵上乡下人一季子的口粮。村人有向相借钱的，相总以各种理由使乡亲们借不到钱。

殡了老丁头，拉桌开饭。

一个又一个老套子菜上桌后，相让村人见识了几个稀罕菜。土豆刻成花染上色跟真的花一样，放在盘子中间，只看一眼不吃就饱了。还有把萝卜雕成小鸟，放在盘子中间，令人舍不得吃。相说，在大宾馆这一个菜价钱是百儿十元，一桌下来千把块不稀奇。直说得村人目瞪口呆。

先是凉菜，后是热菜。上热菜之前，乡下兴“串厨”。所谓“串厨”就是主家给厨师送“封子”，封内包着钱。封子随主家的意思，封多少厨师都可以收下。主家上封子，意思是让厨师做饭快点。老丁头的家人也给厨师准备了封子。

林没有要“封子”。走时收下局长奉送的二十元工钱和香烟，林给老丁头上的份子钱十元，除工钱后，还剩下十元钱。

相是见过世面的人，给老丁头上的份子钱五十元，全村都数他的多，都说相大方。相只接受了局长家封的“封子”，内有五十元钱。局长付给相工钱时，相说，乡里乡亲的，啥工钱不工钱呀。

村人对林连去局长家干活的工钱都收，很有看法，说林太小气。林说，这是老祖宗留下的规矩。而相没有要一分钱的工钱，在乡亲们面前名誉很高。

只有老丁头的家人知道“封子”的内容。

自老丁头死后，再也没有人能请到相。倒是林的手艺支撑着乡下的“席面”，令乡里乡亲吃个饱。

乡亲们明白，为什么请得动林，而不去请城里的相。

街 D

小镇共两条主街，一条东西走向，一条南北走向。交汇处是十字路口。

每天的集市就以十字街口为中心，卖青菜的在一条街上，卖肉、鸡的在另一条街上。

阿福看中了街口拐角处的地方，就支起了锅，在那卖起了油条，每天早早地起来，在家里熬两大锅稀饭，用大铝锅盛，拉到街口，赶集的、上店的、上班的，就在摊上买一碗稀饭，一块钱的油条，就是早餐了。

阿福两口子起早贪黑，每天都有几十元的进项，日子倒也红火。

阿祥家被盗了，被盗物品价值几千元，阿祥到派出所报案，派出所民警赶到现场，一丝眉目也没有。阿祥的女人哭得死去活来，李所长说，哭顶啥用？还是去挣钱吧。阿祥女人说，挣钱那么难，上哪儿去挣钱？眼瞅着就要过年了，家里连买米的钱都没有了。李所长说，去街口学着阿福卖油条。

阿祥去找了阿福，说家中实在困难，问阿福跟他一起卖油条行不？阿福说，你卖你的俺卖俺的，反正集市上人多得很。阿祥置了新饭桌，小凳子，一开张，便让阿福受到冲击。来阿祥摊上吃饭的人多了，阿福喊着老主顾，老主顾像没有听到似的，便在阿祥摊上坐下了，喊：“来斤油条。”阿福家的生意锐减。阿福女人说，当初不让阿祥在一起卖，还会影响咱家生意不？阿福说，都是乡里乡亲，人家遇了难，咱不帮一把，也说不过去。

有一天，因为招呼吃早饭的顾客，阿福女人和阿祥女人发生口角，引起撕打，阿福和阿祥也参加了，双方都有伤。案件报到派出所，阿福、阿祥都要求作法医鉴定。阿福的门牙被打掉两颗，阿祥的女人鉴定个耳膜穿孔，双方均是轻伤。受了伤，双方没有出生意。街上人不知少了点什么。有人问阿福，咋不出生意？阿福说，出。便把油条摊又开张了。阿祥见阿福出了生意，也把生意出来了。两家各干各的，半晌午收摊，到派出所找所长要求处理打架的事。

在派出所，阿福和阿祥女人还相互骂。李所长问他们，同意调解不？两家都说不同意，并相互指责对方。李所长说，两家坐下来，心平气和地说说，并请老镇长参加。李所长说，两家打架，都构成轻伤，按照法律规定，对加害人刑事拘留，一家拘留一个行不？两家不同意。老镇长说，不同意还不回去好好做生意。

经老镇长调解，两家不再追究对方的责任，和好如初。阿福专卖油条，阿祥卖稀饭和肉盒子，两家生意又兴隆了。

种　子

黑孩进城买了一包辣椒种，是染了红颜色的小圆粒。一包有三两重，要二十多块钱哩。

黑孩的爹把黑孩骂了一顿，说他是败家子，不知钱来得不易，上了城里人的当。什么金贵的种子要这么贵？还花里胡哨地涂上颜色，说不定不会出芽。

黑孩说："农技站的老师说，这叫大粒化种子。上面涂了肥料、农药，长出的苗子壮，不生病、不生虫。"黑孩爹愣是不信，吵着要黑孩去城里把种子退给人家，不然，三天不让吃饭。

不管黑孩怎样解释，黑孩爹就是不信。这可难住了黑孩。再去退给人家，说爹不让种，多丢人呀。

黑孩买带颜色菜种的事在村里传得很快，都说黑孩给城里人骗了。二十块钱买了一把种子，还不如拿钱扔水里听水响哩。

消息传到富贵耳朵里，他找到黑孩，要买下带颜色的种子。黑孩说了农技站老师介绍的种植方法。富贵对黑孩爹说："老哥哥，这种子就当是我买了，吃亏赚便宜都是我的。给你二十元种子钱，再给黑孩十元跑路钱。"不但没有赔，还赚了十元钱。黑孩爹喜欢得像喝了蜂蜜似的。

富贵把种子育上苗。村里人说，这下可出大笑话了，城里人骗了黑孩，黑孩又骗了富贵，看富贵种出的是驴粪蛋还是马粪蛋。但是，没有几天，种子出了芽。不久，富贵把苗移栽到田里，还盖了地膜。精细得比伺候爹娘还细心。

甜椒苗一天天长大，开了花，结了甜椒，一棵结十来个。富贵的甜椒上市早，人家的还没有下来，所以卖的价钱高。开始，一斤卖一块多钱。后来，甜椒都下来了，才卖三四角钱一斤。

秋后，富贵备了一桌酒席，请了黑孩爹、黑孩，还有村支书、村长等人。富贵说："今天，我备个酒席，答谢黑孩爷儿俩为我代买了甜椒种。我建议村里明年组织大伙多种些带颜色的甜椒种，上市早，城里人爱吃，我们好多卖钱。"

有人问富贵："你一亩甜椒到底卖了多少钱?"

富贵伸出三个指头。

"三百?"

"不，三千元!"

富贵爹像霜打的茄子——蔫了。该自己发财，却白白地便宜了人家。

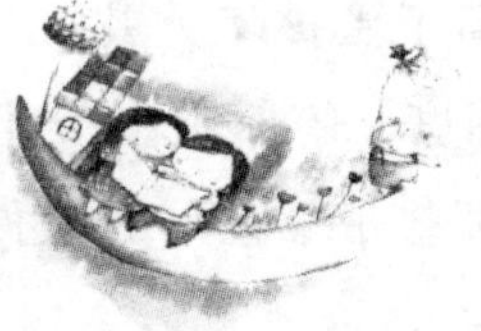

青和兰

青是丈夫，兰是妻子。青和兰是一对夫妇。

这些年来，青和兰过着清贫而安逸的日子。上有老，父母亲六十多岁了，下有小，一儿一女，儿子二十岁了，闺女也十六岁了，其乐融融。

闯是村上有名的劣货，因盗窃被判过劳改。出狱后不思悔改。村里人对闯都敬畏三分。兰对青说，咱可不能招惹闯。那天，兰和村副主任的媳妇斗嘴，村副主任领人打了青，正碰上闯，闯说，怎能打人呢？把茬给揽下了，青和兰对闯十分感激。

闯便不断地出入青和兰家，闯嘴巴甜，喊青为青哥，喊兰为兰嫂，每次到青和兰家都带着东西，或者两瓶酒，或者是一只烧鸡。有一次，闯不知怎么弄了一只狗，让青剥了，青全家吃得满嘴流油。

接着酒劲，青问闯，兄弟，听说你经常下去做贼？闯没生气，说，青哥，你咋说恁难听呢？那叫“下夜”。你想，咱穷老百姓一个，没权没钱，不做生意，光值二亩地，怎么生活下去。再说，我就是偷，也从不偷十里以内乡邻的，偷也偷有钱的户。

闯走了，青和兰夫妇犯了嘀咕。青说，你看闯，整天吃香的喝辣的，日子多滋润。兰说，那可是犯法的事，弄不好要坐大牢的。青说，你看咱家，屋子需要修，儿子要找对象，这条件哪有人家相咱。干脆，咱也跟闯做几次，弄点钱，修一下屋。兰说，我害怕。

青向闯提出，要和闯一块“下夜”，闯同意了。晚上，闯又叫上几个人喝过酒，便开着车去偷。闯说，让兰嫂跟着吧，可以给咱看着车。几个人来到邻镇的一个庄子里，头戴马虎帽，手拿菜刀，撬开人家的门，对着主人说，拿出钱来，动一动砍死你。乡里人都害怕，乖乖地拿出钱来，有的几百元，最多的一户拿了两千多元。那一夜，抢了九户人家。抢得一万多元。青和兰分得两千多元。没几天，警察找上门，把青和兰刑事拘留了，青和兰夫妇悔恨不。

案件到了法院，光起诉书就百几十页，有一本书那么厚。法院以抢劫罪判处闯等人死刑，判处青无期徒刑，判处兰有期徒刑十年。

闯被执行死刑后，青和兰夫妇被看守民警送往外地劳改。坐的一辆车，兰说，我最可怜的是俺六七十岁的老娘，还得给我操孩子的心。青说，认吧，这就是命。兰说，我要出来后，一定让她享几天福。青说，等着吧，我出来也六十岁了，不知那时家中怎样。

青兰夫妇一路的感慨。是悔恨？是对未来的憧憬？但是，不管怎么说，他们都要在监狱里打发漫长的时光。

挂职

组织部一纸调令，我由一名办公室秘书，成为全县最穷的乡李集乡政府副乡长。

乡党委研究决定，每位乡级领导都要承包一个村发展经济或办企业，保证农民人均年收入增加一百元。并且规定，每位领导交一千元“风险金”，完成任务，风险金退还本人。完不成者，风险金不退。要求领导也要有点风险意识。

我被分到田家村蹲点。

田家村虽然紧靠公路，但农民小农思想意识很浓。种的粮食够吃的，很少外出做工挣钱，贫富悬殊。有的连买化肥的钱都没有。但这个村有一个我高中时的同学耕田，他早几年做生意，听说挣了二三十万元。耕田的妻子水莲也是高中生，任村小学民办教师。小两口日子红火着哩。

我到了田家村时，老同学耕田为我接风洗尘。水莲做了一桌丰盛的菜，陪客的有村支部书记、村主任、小学校长等。宴席间，我讲了乡党委决定。耕田说，我是“飞鸽”牌干部，过不了多久，还会调回县委大院上班，不必太认真操这份心。我说，不对，乡党委集体研究决定，谁完不成任务就地免职。一边喝酒，一边谈工作。这时，耕田说，田家村紧靠公路，交通便利，可以建一个粮食市场。村支书、村主任都觉得这个点子不错，就是缺少资金。我说，请耕田帮帮忙，借给乡亲们一部分，耕田爽快地答应了。水莲却说，借钱可以，但要付利息，月息一分。我想，这老同学的妻子也太不够意思，乡里乡亲的，哪能要高利息呢？但水莲坚持一分的利息，无奈，经村委会研究，乡政府同意担保，村委会向田耕借二十万元，月息一分，反正向银行贷款，也要付利息？况且现在还不能到位。村委会和田耕立了借款手续，借期一年。二十万元分给二十户，每户一万，开办粮行。

虽说月息一分乡亲们有意见，但从没有做过生意的人赚了钱却异常高兴，村民们大开眼界。想方设法把南方的优质大米、甘蔗、橘子运过来批发零售，把本地的芝麻、绿豆、黄豆、玉米等收购起来，销往外地。田家村的粮食市场经过媒体的宣传，名气更大了，辐射邻近的几个省市地区。有时，外地粮食客户到田家村坐等收购。田家村的人老实，讲求信用，一个电话对方把大米、甘蔗等运过来，卸车交钱，钱货两清。田家村粮行的粮食保证质量，交到外贸部门都是优质，连外商都直喊“OK”。

一年后，借款合同到期，乡政府决定在田家村召开现场会，县委、县政府领导也来，全体乡干部、行政村干部、田家村全体群众都参加了会议。像赶庙会一样热闹。照例是发言、总结、鼓掌。县长在总结时，表扬了耕田同志致富不忘乡亲，要把这个经验在全县推广。会上，村主任当场还借耕田二十万元的本息，县政府奖匾一块“致富不忘乡亲”。

耕田在接过钱后宣布，他愿将二十万元一年借款的利息捐赠给村小学。

小学校长愣住了，全场的人都觉得突然。我小声问耕田，跟水莲商量了吗？耕田笑了一笑。水莲站起来讲话了，当初副乡长让村里向她家借钱的时候，原不想要利息，但不要利息乡亲们不知钱来得不易。什么事只要是上级布置的，群众当儿戏。前年，农技站的农艺师送来免费花生种，还没有种上，竟被炒吃了几十斤。乡里乡亲的，月息一分有点薄情，但可以促使乡亲们学经商，懂经营。这笔利息她家一分也不用，全捐赠给村小学，也算是乡亲们的贡献。

县委书记、县长带头鼓起了掌。

久久地，掌声给田家村画下一个感叹号。

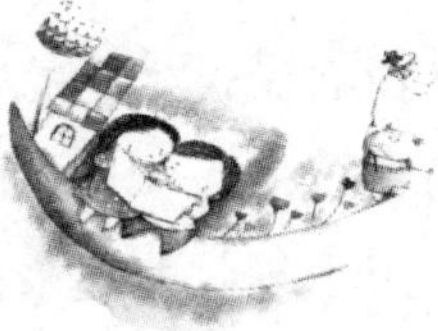

老王卖瓜

老王是一名老警察，却做起了卖西瓜的小生意。

不知从哪天起，在前不着村后不着店的坡地里，老王便冒了出来，把四根柱子立在路边。上面盖些树枝、树叶便可遮挡阳光。

老王的打扮也是够酷的，上身穿一个圆领的汗衣，上面烂了几个洞，下穿大裤衩子，脚上一双老式拖鞋，活脱脱一个农民。

每天，在没有人知道的时候，老王摆好了瓜摊。每天，又在没有人知道的时候，老王收了瓜摊。没有人说话，一个旧半导体收音机便成了老王的伴。听了新闻听戏曲，听了戏曲听广告，而广告除了治性病广告还是性病广告。听烦了，把收音机一关，对着田野吼几句豫剧，仿佛玉米苗、豆苗是他的听众。再烦了，躺在架子车上，眯上眼睛，打个小盹，偶尔有路过的口渴要买瓜便会唤醒他。

有一天，一个披头散发的女子跑到老王的瓜摊上，喊：“大伯，救救我，有人抢劫。”老王转了半天，也没见到作案人的踪影。那女子被带到刑警队做了笔录，问清楚作案人的年龄，什么模样。

又一天，一人开着大篷车去卖粮食，在坡地里，被人抢去一千多元，老王指点那人去派出所报了案。

终于有一天，有三个光头青年，来到老王的瓜摊前，嚷着要吃瓜，老王给他们称瓜、切瓜。三个青年正是前一段作案的嫌疑人。老王看得真真切切。瓜没吃完，三个小青年就被老王拿下了——老王是新调来的派出所所长。经审讯，三个青年对作案事实供认不讳。

老王一上任，便摧毁了一个抢劫团伙，局里还下了通报予以表扬。

瓜棚的顶棚被风刮落，四根柱子被人拔去烧火。每次巡逻经过这里的时候，老王便想起刚调来时侦破的那起抢劫案。

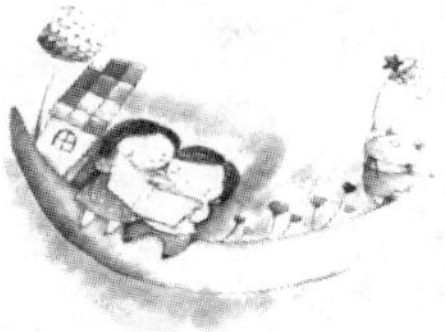

胖嫂的面馆

胖嫂的面馆就要开业了。试营业期间，胖嫂的丈夫——刑侦大队的指导员胖哥邀我去品菜，我应邀前往。品菜这差事，确是一份美差，说白了，就是吃白饭。你就是不去品菜，人家开业时你还要上份子礼呢！

应胖哥邀请参加品菜的都是有头有脸的各方人士，我因和胖哥关系近乎，也在应邀之列。胖嫂的面馆请了有名的厨师，上来的几个菜都是拿手菜，大家感到盐味尚佳。胖哥胖嫂进来敬酒，胖哥先喝一杯，接下来后每人敬一杯，一杯就是三两呢！酒量要是小了，光敬酒就应付不了。

客人走了，胖哥留我唠会儿嗑。胖嫂很快端上来两个小菜。胖哥说，弟弟，这个店是咱自己开的，今后啥时来吃饭，一律免费。我说胖哥，你是让我来还是不让我来？让我来吃饭该付多少就是多少，要是不收钱，我下次还敢来吗？胖嫂说，欢迎弟弟多关照小店。

胖嫂说着，打开一瓶白酒。我说不喝了，胖嫂说，是弟弟看不起嫂子的面馆吗？我说，岂敢！胖嫂说，就是，谁不知道，弟弟是个大酒量。

我和胖哥胖嫂喝着喝着便聊起了胖嫂办酒馆的原因。胖嫂说，弟弟，你胖哥不如你，你随便写写文章便可挣稿费。值你胖哥每月那千把块钱工资，俺儿口子怕是要喝西北风去。谁都知道，如今这社会就兴凑份子，哪位家里有红白事，人家都去了，独你不去，人家会对你有意见。胖哥又是中层干部，应酬自然多，去年有一个月送出去两千多元，让家人连续两个月不敢吃肉。胖哥说，咱就是那热锅上的蚂蚁，不能撑也要硬撑。胖嫂开个面馆也好，今后，有谁请吃饭，到胖嫂的面馆去。反正，吃谁的饭都要付钱。给谁办了事，帮了人家的忙，人家要是往口袋里塞钱就是受贿，要是连顿饭都不应，这样的清官少得可怜。其实，大家都明白这个理，只要不往兜里装钱，吃点喝点算不了什么。至少说，胖嫂为推动大众美食文化做了贡献。今后，局里的弟兄们下乡回来或加班能吃口热饭吧。

胖嫂的面馆便成了我的“据点”。外地的文友来，亲戚来，人家请我或我请别人吃饭，我都领到胖嫂的面馆来，我的工资交给妻子养活孩子，我的稿费除了凑份子礼，剩下的贡献给胖嫂的面馆。

我的一篇文章在外地获了奖，我喜滋滋地找局长报喜。局长说，晚上他请客。局长问我，有点不？我说，有，是胖哥开的。局长说，今晚就放局长的假，喝酒去。局长、宣传科长、办公室主任和我到胖嫂的面馆。我对胖嫂说，今晚来的是局长。问喝什么酒时，局长说，不喝茅台、五粮液，就喝三十块钱一斤的。我们就喝本地产三十元一斤的白酒。胖哥便从乡下赶回来了，给局长敬酒，局长一仰脖，一杯酒就下去了。饭毕，局长要去吧台算账，我不让，咋说局长也是给我贺喜，咋能让局长掏腰包呢？我去付账，吧台的服务员说，今天局长第一次来，胖哥请。要是今天的饭收了钱，服务员她也干不成了。既然胖哥请，我也只好收起了钱。

局长说，就数今天喝得得劲，和自家兄弟一起喝酒痛快。我也把局长当成大哥。局长说，今后咱民警不管谁请客，就到咱民警家属开的饭馆。我听了这话，心里热乎乎的。局长也是人，也是从基层民警提拔起来的，他最理解基层民警。

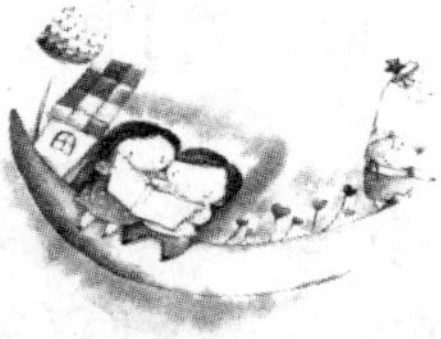

世事难料

大刚家媳妇兰兰把四万元当废纸卖了。

大刚家做的是油品生意，四万元是货款。大刚把四万元人民币捆成四捆，用一黑塑料袋装着，放在床下鞋盒子里，大刚媳妇不知道，便当破烂卖了。

那天，一个中年妇女站街上吆喝："谁卖破烂？"中年妇女有四十来岁，骑着一辆人力三轮车，车上已装有收来的方便面箱子、酒瓶子、旧塑料袋子，已高出车箱，大刚媳妇喊那位收破烂的妇女："哎，俺家有破烂。"收破烂的止了步，大刚媳妇问纸箱子多少钱一斤。收破烂的说，六角钱一斤。大刚媳妇说人家卖一元钱一斤。收破烂的说，俺出来也不容易，大姐就当可怜可怜俺，大刚媳妇领收破烂的去屋里把一堆废纸箱子搬出来，来回搬了四趟。收破烂的搬到一个旧鞋盒子。大刚媳妇还没有出来的时候，收破烂的偷偷掀开盒子一看，塑料袋里竟装着四捆百元大钞。收破烂的心一直跳，天哪，俺可发财了。收破烂的迅速镇定一下自己。等大刚媳妇出来，他便把废纸捆一起，称过，数了啤酒瓶子多少个，饮料盒多少个，一共二十八块五。收破烂的从一个旧手提兜里掏出皱巴巴的钱，递给大刚媳妇便走了。

当天晚上，大刚回到家，媳妇喜滋滋地说，大刚，我把破烂卖了，卖二十几元，给你买了烤鸭，好犒劳犒劳你。大刚倒了杯二锅头，端起杯，一饮而尽。大刚问，卖的都是啥？媳妇便说了都是啥。大刚说，床下鞋盒子卖了吗？媳妇说，卖了。大刚腾地站起来，走到里间，一看床下没了鞋盒子，顿时傻了眼。大刚说，鞋盒子装有四万元钱呀。大刚媳妇顿时也傻了眼，一阵号啕大哭。哭累了，媳妇问大刚，那咱咋办？大刚说，咱到派出所报案吧。媳妇说，人家既不是偷的，又不是抢的，咱报案管用吗？大刚说，试试吧。大刚领着媳妇到派出所，派出所所长亲自接待，安排民警分别给他们做了询问笔录。大刚问李所长，能有眉目吗？李所长说，现在一点眉目也没有。要不这样，派出所把案先立下，你们也打听一下，卖破烂的啥名，家住哪里，打听出来给派出所说一下。大刚领着媳妇在镇上打听，又领着媳妇跑废品收购站，镇上的几个收购站问过了。大刚媳妇描述着一个什么什么样的人，穿着怎么样，骑着一个什么样的旧三轮车。有的说不知道，有的说是南边什么庄的，有的说北边什么庄的，说南边庄上的人多。每问到一个，大刚便把情况记下来，每天向派出所汇报一下。派出所李所长说，别泄气，相信你一定能找到的。第十四天，大刚和媳妇终于在镇上往南走十几公里的地方问到了。废品收购站的人说，你说的是啥庄的春梅。大刚赶紧向派出所报告。

派出所李所长带领民警驱车赶到春梅家，把春梅请到派出所。李所长问，知道为什么让你到派出所吗？春梅说，不知道。又问，你半月前在镇上收过破烂吗？春梅说，收过。问，知道鞋盒子里有什么东西吗？春梅答，不知道。问，你把鞋盒子怎么处理的？答，当天便卖给废品收购站了。李所长让人去废品收购站。人家说，春梅来卖过破烂，但有三四天了。无论怎么再问，春梅都说不知道鞋盒子有什么东西，鞋盒子卖给废品收购站了。

春梅被派出所带走后，春梅丈夫也跟着到派出所问有什么事，李所长给他讲了情况，安排民警给春梅丈夫做询问笔录，春梅丈夫说什么也不知道。

李所长给春梅宣读了法律条文，《刑法》规定，春梅的行为已构成侵占罪。人家把四万元装在鞋盒子里，春梅得到是要归还的。春梅问，俺偷没？答，没偷。又问，俺抢没？再问，俺没偷没抢，凭什么抓俺？俺犯什么法了？凭怎么问话，春梅就是不吭气。询问陷入了僵局。

法律规定，传唤犯罪嫌疑人不得超过二十四小时，已经二十几个小时过去了，案子没有一点进展。李所长说，把春梅盘查到四十八小时。民警一遍又一遍的启发，终于春梅熬不住了。春梅说，俺会判刑不？李所长答，法律会从轻对你处罚。春梅说，钱在家里，一分钱没动，本想着发财了，不是偷抢来的，谁知道这还犯法。李所长派人迅速把四万元钱取回。

大刚家的四万元失而复得，请派出所民警喝酒，派出所民警不去。大刚给派出所送一块匾。李所长为春梅办理了取保候审手续。

春梅夫妇咨询了律师。律师说，传唤你超过二十四小时是违法的。春梅夫妇便到了市里，向公安局领导反映，超时传唤。市局派出调查组，很快调查清楚，说李所长违法办案，要给李所长处分。大刚知道后，向领导反映有关情况，请求不要给李所长处分。上级公安机关答复，破案件是一回事，违纪办案又是一回事。民警破案应该表扬，但超时传唤，侵害了公民的合法权益，是要受纪律处分的。

春梅的案子到了法院，法院判有期徒刑一年，缓刑一年。李所长等人因为办理春梅的案子分别受到了警告或记过等纪律处分。听说，李所长因为这个事还耽误了一次提拔。大刚夫妇犯糊涂了，这破了案怎么还受处分呢？春梅夫妇得知后，咬牙切齿地说，活该！把他们开除了才好呢。

唉，世事难料。

被撤销的案件

老栓爹和老栓婶做不动庄稼活了，便商量着如何养老的事。

老栓爹早年生育三男——大栓、二栓、三栓。老栓爹给娃盖了新房，娶了媳妇。村里人都说老栓爹有本事。村里大成就因为高考落榜，没有配上合适的，高不成，低不就，成了光棍汉。

老栓爹和老栓婶让三个娃和三个媳妇商量。商量的结果是，把二位老人的责任田，一分为三，一家一份，三家各兑粮食，每家每年三百斤麦子，每月三十元钱。遇有大病再商量如何负担医药费。规矩定好了，问题就出在落实上。头一年，大栓、二栓、三栓都自觉兑现。第二年，三栓的媳妇给兑了掺有土坷垃的麦子，娘忍了，没有吭声。可每月的三十元钱却从下半年开始不给了。娘屡次讨要，三栓说，没钱。其实钱是三栓的媳妇存着，不撒手。

娘找到大栓，说，你爹吃药没钱，三栓媳妇不放钱，咋整哩！大栓义不容辞地去责问三栓。三栓在家不当家，是妻子管着钱，听大哥一说，也理不出头绪，说，你爱咋整就咋整。话不投机，不知怎么二人就撕打在了一起。大栓门牙被打掉，大栓媳妇不愿意了，到派出所报了案，找法医鉴定，大栓的伤构成了轻伤。

派出所民警询问三栓，三栓承认大栓的牙是他打掉的。三栓因故意伤害罪被刑事拘留，送进了县里的看守所。

老栓爹、老栓婶并没有因为三栓被抓起来而高兴，反而平添了几多烦恼。三儿媳妇找到二老说，要是三栓被判了刑，她也不要待在这个家了，她要离婚。老栓婶一听，那咋弄哩？三儿媳妇说，爱跟着谁跟着谁去！

老栓婶拄着拐棍到了大栓家，儿呀，看在爹娘的分上，把你弟弟保释出来吧。

大儿媳妇说，娘，那公安局是咱家开的，说抓人就抓人，说放人就放人？

大栓找到村主任留成，要留成无论如何帮帮忙，把三弟从看守所放出来。留成答应说，可以问问派出所长。留成右手拇指和中指来回搓动，做出数钱的样子。留成说，现在需要这个。大栓心里明白，掏出五百元钱交给了留成。

留成从派出所回来，对大栓说，给所长买两条香烟花二百元，请所长吃饭花三百元。所长说，现在，要大栓和三栓先达成个调解协议。三栓负担大栓的医疗费，就是包上几千块钱。大栓写出协议书，不要求追究三栓的刑事责任。所长说了，报不报检察院，全凭他一句话，看来还要给所长意思意思。

听说能救出三栓，三栓媳妇当即拿出四千元甩给大栓。在留成的调解下，达成协议。三栓一次性付给大栓医疗费等共四千元。大栓写出协议书，双方摁过手印。大栓把四千元退给了三弟媳。大栓又给留成一千元钱，让留成一定把三弟放出来。

派出所以三栓故意伤害双方已调解处理受害人提出撤诉为由，呈请撤销案件，经局长同意，三栓从看守所放了回来。

三栓媳妇连放了三个晚上的电影，村里人说，三栓媳妇为了气大栓，特意放了电影，庆贺三栓从看守所回来。

在村主任留成的调解下，大栓、二栓、三栓赡养老人的方式又有了改变，不再兑粮食和钱，二位老人在三个儿子家轮流住，一替十天。如有小病，在谁家谁负担，大病共同负担。

这已是后话了，不提了。

老 歪

按辈分，我该称老歪叔。老歪的雅号太出名了，以至于真名叫什么大多数人都遗忘了，连邮递员都喊：“老歪，挂号信，拿印章。”

老歪叔早些年上过高中，在村上算“有文化”的人了。然而，老歪叔却不被生产队长重用。生产队记工分分粮食，只要会打算盘就行，并不要多大的知识。老歪叔大有怀才不遇之愁。

老歪叔的确有点歪才，生产队干活时大伙都愿和他分一起。他讲笑话，做游戏，令人们捧腹大笑。关于他的笑话传遍方圆几十里，随便一抖，便是笑料。要说，那些年没兴小品。要是兴小品，他也会演出一个“赵本山”来。

一天，老歪叔去赶集。买了东西没钱了，饿了，看见一个油条摊了，他仔细瞅瞅卖油条的，又看看油条，然后蹲在一旁抽烟。卖油条的问他，有什么事吗？老歪说，你炸油条太费油。卖油条的问，有省钱的法吗？老歪说，当然有。要卖油条的请他吃过油条再说。老歪吃过油条后告诉卖油条的，别炸油条了，改蒸馒头，不就省油了吗？

公社干部到村里蹲点，久闻老歪笑话，便有机会接近接近。老歪说，咱俩打赌，别看你是干部，你蹲下去，我绕着你转不到三圈，你就要站起来。干部不信，反正打赌也是空赌，就蹲下去。老歪就绕着干部转一圈，又转了一圈。再转半圈，老歪仿佛忘记了什么东西，走了。那干部急忙站起来拉住他，别走。你还没转完三圈呢？老歪说，你输了。干部恍然大悟。

那时，村里还没有通电，吃面要靠石磨磨。牲口是生产队的，不能个人用。老歪叔两口子就推磨。推累了，一咬牙，一跺脚，不管了，找个驴拉磨。老歪叔牵来了生产队的驴。老歪婶子说，不妥。用生产队的驴怕要扣工分的，还得挨批。老歪说，没事。为了赶时间，他把驴赶得很快，驴很快下了汗。磨完面，老歪叔找来红纸，割成春联宽窄，套在驴脖子里，粘好，在上面写了一行字“你猜我给谁家拉磨了”。饲养员见驴跑回来，脖子上还挂着张红纸条，立即报告队长，队长一笑了之。

后来，生产队实行责任制，老歪叔领着孩子们侍候几亩责任田。看到别人做生意、外出做工都盖起了砖瓦房。老歪气得不行，没几年，老歪叔也莫名其妙地发了，盖起了小洋楼，家中添置了彩电、冰箱、洗衣机等城里人才有的电器。村人问老歪叔，有什么发财的秘诀？老歪叔说，要发财，靠胡来。不多日子，村里来了一辆警车，下来几个公安，说是派出所的，从老歪叔家搜出一捆捆的假新票子，令人眼花缭乱。公安把老歪用手铐铐走了。听老歪婶子说，怕是要劳改吧！得个十年八年的。

我很想见见老歪叔，不知能见到否？

吉祥号码

娇娇是单位的美人。青年小伙都爱凑着和娇娇说笑。有人还偷偷地给她写求爱信、打招呼。

娇娇的传呼机是名牌的“摩托罗拉”。传呼机入号时，娇娇专门托在电信局的姐妹搞了个吉祥号码，末三位数字是“168”，谐音“一路发”。

娇娇的传呼机总放在随身携带的小包内。娇娇一到办公室，把包放在办公桌桌角上，包内发出“嘀嘀嘀”的响声，娇娇便拉开包，看看传呼机，然后习惯性地抓起电话，摁下几个数字：“喂！谁打传呼？”

没想到有一天娇娇竟遭抢劫，而且发生在大白天。

那天，娇娇在公园门口约会新认识的男友小更。娇娇着白色乔其纱连衣裙，肩挎一个精致的坤包，秀发似瀑布悬挂。突然，从远处开来一个摩托，后座上还坐着一个人。摩托靠近娇娇时放慢速度，后座上的那人用力拽下娇娇的坤包。摩托一加油，一溜烟跑了。

作案过程极短，娇娇还没有反应过来，摩托车已无影无踪。连路边摆小摊的也没有看清是怎么回事。在派出所，民警做询问笔录时，娇娇说出了包内的物品，现金三百多元，一只传呼机，一个小镜子，一把小梳子和口红等。

娇娇埋怨小更，不该那天去公园约会。一肚子的委屈全发泄在小更身上。

没有了传呼机，娇娇清静多了。可与姐们哥们聚会又不好联系，倒显得有点寂寞。

不久，娇娇又买了一个小包，男友小更又给她买了个传呼机。

去邮电局入号时，娇娇想换掉那“吉祥号码”。邮电局的朋友劝她，还用原来的号码。娇娇把传呼机挂在了腰间。娇娇腰间“嘀嘀嘀”一响，娇娇便从腰间掏出传呼机，看看上面的内容，抓起办公桌上的电话：“喂！谁打传呼？”

娇娇莫名其妙地几次收到邻县打的传呼。可邻县她一个朋友也没有。

娇娇把这情况报告给派出所民警，民警没说什么，只是让她有什么情况及时报告。这时，娇娇的传呼机又响了，是生疏的本市电话号码，娇娇借用民警的手机回话，对方说是公用电话，打传呼的人刚离开，还没有走远。

派出所民警迅速赶到，公用电话亭主人说，那几个人正在一个小摊前买香烟。

打传呼的人被“请”进了派出所。

经审讯，这是一伙流窜作案犯，他们骑着摩托车主要抢劫女青年，作案后迅速离开。派出所一下子侦破了十几起大案。犯罪分子说，当时就是图这个传呼机的吉祥号码，没舍得扔掉，才犯在了警察手里。

娇娇接过追回的传呼机，似宝贝一样藏了起来。

灰橛儿

明明和晨晨是邻居，两家的院墙隔着一道墙，明明家在东边，晨晨家在西边。

明明的爹和晨晨的爹是叔伯兄弟。当初，明明家的院比晨晨家的院东西少一米。明明的爹找晨晨的爹：“老哥，咱俩商量个事，俺家的宅子窄些，你家的宅子宽，在咱两家中间的地方拉个院墙，以你栽的槐树为界，两家的院一样大。要不，我补偿点钱，你看怎么样？”晨晨的爹本不愿让，但觉得明明的爹说得还在理，便走了。

小槐树一天天长大，长成了大槐树，晨晨的爹也一天天老了。晨晨的爹越是年龄大了，越是对着大槐树犯嘀咕，难道树会走吗？终于，有一天，晨晨的爹起不来了，临终前，晨晨的爹说：“树，下面……”没有说完，便断了气。

晨晨办完了丧事，心里愈加郁闷，树下面埋有什么呢？会不会是金元宝？要是，那可就发了。他挖了树的四周，却没有见埋有任何东西。晨晨想，爹办啥事仔细，肯定记有日记。晨晨便阅读爹的日记。终于找到了，三十年前的那天晚上，爹爹在院东南角栽了小槐树，作标记，小槐树下面埋有什么，没有文字，是几个酒坛样的符号，既然爹埋了东西，那肯定有。不管是什么值钱的东西，也一定要挖到。可为什么却找不到呢？

明明想窖些萝卜，便在原西南角的地方挖窖，挖到一米多深的时候，见一个坛子，不久，又见一个。明明问爹是什么，爹说不知道是什么。

这是一个质地上乘的瓷器，上面有盖，口用蜡封着。不重，打开，一股醇香飘入鼻孔，是酒，是白酒，是存了几十年的酒。明明唤来晨晨，晨晨品了，真是好酒。晨晨问哪来的，明明说从院里挖的。晨晨说，那是俺爹埋的酒。明明说，在俺家院里挖的，怎么是你爹埋的呢？酒席不欢而散。

晨晨找村主任评理，村主任让找学校校长。校长听了，也理不出头绪，让晨晨去法院。法院让交证据，晨晨将爹爹的日记交了上去。

法院的人找明明的爹爹了解情况，却怎么也找不到，明明发现少了一个坛子，才知道爹去了什么地方。便领着人来到晨晨爹的坟前。原来，明明爹把酒打开，洒在晨晨爹的坟前，诉说着一个久远的故事。

那年，晨晨的爹把酒埋到院内地下在旁边栽上小槐树作标记。明明的爹夜里起来解渡时，偷偷地将小槐树往晨晨家院里移了一米。后来两家的院子一样大。

槐树栽在晨晨的院里，而埋地下的酒却在明明家院里。经文物部门鉴定，光装酒的这些瓷器就价值上万元，被一收藏爱好者买去。

法院征求明明家爹的意见。明明爹说，酒是谁的，灰橛儿会说话的。在法院的见证下，村干部找到了标记两家宅基地大小的灰橛儿，明明家占去晨晨家一米多宅基地。明明骂爹：“你这老东西！”明明爹骂儿子：“你这混账东西，我和晨晨爹是老哥们，占他家地是商量好的。如今，占了几十年，应该还给人家。”

在法官的调解下，两家达成了协议，那批酒一共卖一万元，两家平分，明明占晨晨家的宅地，晨晨不再追要，以现有的边界为界。当然，诉讼费是两家均摊。

明明和晨晨和好如初。明明的儿子和晨晨的儿子续演着明明爹和晨晨爹的故事。

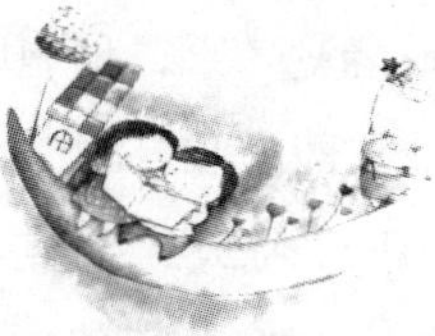

五张美元大钞

广田下定决心要向老憨讨还借出的5000元钱。

当初，老憨向广田借了5000元钱做生意，说是每年给1000元的利息。借钱的时候，老憨好话说了一大筐。再加上高额利息的诱惑，广田就借给老憨5000元。后来，老憨的生意做大了，在城里花了几十万元买了一套楼，家搬到城里了，却把借广田钱的事忘在脑后。广田修房子，手头紧，他拉不下脸，让媳妇去城里找老憨讨要。老憨说，再过十天半月就把钱给送回家。结果，几个十天半月过去了，老憨也没有给送钱。广田给老憨打电话，老憨的手机不是正在通话中，就是不在服务区。

广田找到村主任，想让村主任帮忙给讨回钱。村主任说，老憨是啥人你还不知道吗？他借大伙的钱，谁的还过？村主任让广田到城里，找律师写个状子，到法院告他去。广田到了城里，找到一家律师事务所，律师听了他的叙述，问，有借条吗？广田说，没有。借钱的时候，有爷们在场吗？广田说，当时就我们俩，没有旁人。律师说，这就麻烦了，没有证据，写了状子也是白瞎，不如自己讨要，能讨回多少就讨回多少。

按说5000元也不算多。但是，5000元钱打了水漂，广田觉得这事整得有点窝囊，老憨太不够爷们意思了！广田想，要是见到老憨，狠狠地骂他一顿或揍他一顿，才解解气。媳妇抱怨说，还不如存银行里。存银行，还有利息。现在别说利息了，连本金都见不到。法院不管，公安局管不管呢？广田揣上几盒帝豪烟，到了镇上派出所。派出所的小胡警官接待了广田。小胡警官说，这事派出所也管不着，还是那位律师说得对，私下里讨要，能讨回多少就讨回多少。不过，小胡警官向所长汇报后，给广田出了个主意。广田说，行吗？小胡警官说，死马当作活马医。试试吧！

广田搭车到城里，找到老憨家，正好老憨在家。广田说，大兄弟，你嫂子的娘家哥得了肾病，需要动手术，医药费要十几万元。我修房子的时候，向你嫂子的娘家哥借了 6000 元钱，今天，我到省城医院给送医药费，没想到在客车上让人给骗了。有一个傻儿巴叽的人拿出花花绿绿的外币买车票，让售票员找零。售票员不收，傻儿巴叽的人说他的爷爷在海外，家里尽是这种外币。一个自称在银行工作的人说，这是美元，很值钱的，一美元可以兑换八元人民币。唯恐车上的人不信，他掏出银行系统的工作证。每张外币面额 500 元，1000 元人民币买了，到银行就可以兑换人民币 4000 元，转手净赚 3000 元。银行的人言之凿凿，不由人不信。车上的人纷纷购买。广田掏出 5000 元钱，买了 5 张外币。那几个人下了车，售票员说广田，你上当了，傻儿巴叽的人和那几个人都是一伙的。广田哭着说着，并把那几张外币给老憨瞧。广田说，兄弟，你无论如何要帮老哥这个忙，把借的钱还我，你嫂子的娘家哥还在医院里等着用钱呢！要是你嫂子知道我被骗了，非跟我打架不可。没有钱，医院不给动手术。不动手术要有生命危险的。老憨的娘听了，也眼泪巴巴的，说，憨，你一定要把广田的钱还了。老憨就去银行取了钱，连本带利共 8000 元。广田把 8000 元揣到怀里，对老憨说，谢谢你，我的好兄弟。老憨留广田吃过午饭再走，广田说，不啦，还要去省城送钱哩。

从老憨城里的家出来，广田没有去省城医院，而是到镇上派出所，把 5 张外币还给小胡警官，那 5 张外币是派出所刚破获的一起诈骗案件的物证，要附案卷的。妻子的娘家哥压根就没有病，买外币受骗和妻子的娘家哥得病住院都是小胡警官编出来的。

广田请小胡警官喝酒，小胡警官说，罢了，还有五条禁令呢！挥挥手，让广田回家了。

狗　王

李三牙子上到初中二年级就不上学了，成为游手好闲的人。

李三牙子下学后，跟着爹娘干些农活。干农活很累，不到点就回。娘说，娃小，干活就悠着点。爹嫌三牙子干活没有个干活的样子，也就不在乎他干多干少了。

有人见李三牙子穿着很鲜亮，而且吃的都是稀罕物，就明白怎么回事了。西瓜还没有下来，李三牙子已经尝过了。嫩玉米一掐一股水的时候，李三牙子就掰下来煮着吃。李三牙子掰的不是自家的玉米，而那家的玉米却是主人还舍不得吃的。好在李三牙子并不吃独食，见有小孩子来，李三牙子也让小孩子尝尝鲜。有与李三牙子臭味相投的，便与李三牙子一起吃肉、喝酒。起初，李三牙子喜爱抓村人的鸡子。李三牙子抓鸡子的时候，用手电筒照鸡的眼睛，鸡子一动不动。弄回家，煺了鸡毛，煮上个把小时，香味就出来了。再弄上半斤酒，很爽！李三牙子经常挂在嘴边的一句歇后语“半夜里吃鸡肉——思思（丝丝）想想（香香）”，初听到并不理解什么意思，直到自己半夜里吃到鸡肉，方才理解那句歇后语的含义。有谁家发现鸡子少了，就骂。结果，越骂，鸡子越少，就不再骂了。再后来，李三牙子就偷村人的狗，剥了皮，煮上满满的一锅，捞出来，大块大块地啃着吃，十分过瘾。

爹娘因为儿子的缺德行为感到丢人，在村里抬不起头。但是，爹娘还是硬着头皮央求村人给儿子介绍对象。女方一听李三牙子的名字，就拜拜了。功夫不负有心人，终有一位老姑娘喜欢上李三牙子。老姑娘原来谈的是高中的同班同学，那人考上一个一本院校，老姑娘没有考上。那人觉得二人的差距大了，就散伙了。可老姑娘像着了迷，对那人念念不忘，整天疯疯癫癫，就耽误了青春时光。找到李三牙子，她觉得终于找到了属于自己的爱情。婚后，李三牙子到老丈人家走亲戚，非常大方，见人就让烟，是乡下人很少抽的10元钱一盒的。有人问李三牙子做了什么生意，他就顺嘴胡诌，去哪里做了一趟生意，挣了一笔钱，人家就信了。李三牙子从不到老丈人的村子作案，连老丈人也觉得女婿变了，改邪归正了。

镇上有一家狗肉铺子，很有名气。方圆几十公里的人都到铺子里买狗肉。一般地，都是把狗剥皮，而这家却是煺毛狗，且是活狗。把狗勒死，在腿处开一个小口，用打气筒打气，狗的身体就大出数倍，用热水煺毛，煺得白白亮亮。狗皮很肥，很香。店老板找到李三牙子，要李三牙子弄些狗，卖给他。李三牙子以前也吃过村人的狗，但弄一只狗要费好大劲。店老板就告诉李三牙子一些秘诀。李三牙子按照秘诀，果真能弄到狗。秘诀终归要费劲，李三牙子就买了一种专门药狗的迷药。把迷药放在煮熟的鸡爪子上，扔给狗，狗吃了，不到一分钟，狗就倒了。李三牙子就把狗弄走，卖掉。如果有谁知道自家的狗被人药了，立即掰开狗嘴，用清水冲洗狗牙，狗就能清醒过来。一条狗一般有七八十斤，能卖三四百元。如果再大些，顶五百多元。李三牙子觉得自己找到了一种致富的道路。每天，就开着破摩托，在附近庄子上转悠。哪一个胡同有几只狗，他心里非常清楚。李三牙子感到自己就像拾钱的一样。李三牙子偷了1000条狗的时候，渐渐地，他觉得自己对狗有一种征服感。狗见了生人，会狂吠不止，但见了李三牙子，却像着了魔一样，不咬也不叫，甚至会乖乖跟他走。李三牙子把这种感觉告诉狗肉店老板，狗肉店老板说他已经是狗王了，李三牙子也觉得非常吃惊。

一天，在一个饭馆里，李三牙子点了两个小菜，要了一瓶酒，自斟自饮。与他对面的是一个算命先生，算命先生对他瞅了半天。李三牙子问，有事吗？先生说，你身上血腥味太重！李三牙子心里一惊，莫非？

问先生有何破解之法，先生说，苦海无边，回头是岸。李三牙子给算命先生 10 元钱，先生无论如何不收。李三牙子就替先生付了一碗肉丝面的钱。对先生的话，李三牙子一笑了之。

这天清晨，李三牙子又去一个村子偷狗。他偷过那家人的狗，那家人养了两条狗，不久前，他偷去一条，还有一条。李三牙子刚把狗弄到摩托车上，就被人发现，人家追，他开着摩托车就跑。因车速太快，来不及刹车，一头钻进一辆大货车下。送到医院，人已经没有气了。

狗王死了，再有生人到村口，狗就叫。一条狗叫，全村的狗都跟着叫起来。

法庭上见

五更的女人要去娘家走亲戚，推自行车的时候发现车胎没有气了，不巧，自家的打气筒皮管坏了。女人让五更到邻居家借一个。五更最怕向人借东西。到谁家借呢？女人说，大胖家有。五更不想去大胖家借东西，两家虽说只隔着一条路，但平时很少往来。女人说，又不是向她家借钱，借个打气筒用一下就还了。

五更硬着头皮来到大胖家，抬手敲门，听到一个女人的声音，滚你妈的狗东西！门开了，是大胖的女人。五更说，弟妹，你为什么骂人？大胖的女人说，五更哥，我不是骂你的，我是骂狗哩。五更说，你骂的狗在哪里？大胖的女人说，我骂的狗刚才在门口，咋一开门是大哥你呀？好男不跟女斗，五更气呼呼地回家了。

没有借到打气筒，倒生了一肚子气。五更的女人问了咋回事，就来到大胖家，找大胖的女人理论。五更的女人想着，大胖的女人给道个歉，这事也就完了。没有想到这时候，大胖回来了。大胖说，我不在家，五更敲俺的门干啥？他到俺家挨骂，活该！他咋欺负俺女人我还不知道呢，让俺道歉，门都没有！

五更的女人走后，大胖的女人对大胖说，真的不是那回事。她在家里，听到敲门声，一开门，是小狗。又听到敲门声，一开门，还是狗。第三次听到敲门声，她骂了，没想到门口站的是五更哥。她说，不如咱就给五更哥道个歉。大胖说，我刚才不是给你壮胆吗？不行，给他们道什么歉？

五更找到村主任，让村主任出面调解。村主任问怎么调解，五更说，让大胖的女人道个歉。村主任到大胖家，没想到，大胖说，五更欺负到俺家，没有给俺道歉，还让俺给他道歉，门都没有。

村主任对五更说，大胖不愿意道歉。五更说，俺到法院告他去，俺跟他法庭上见。大胖听说后，让人捎话说，随时奉陪。

法院立了案。

五更和大胖都觉得一定要打赢这个官司。要是输了官司，在村里会抬不起头。两家都请了律师。

到了开庭的日子，两家人及律师都到庭了。

审判长宣布现在开庭。首先播放了一个电视短片。画面中出现了一只小狗，用尾巴猛力地摔打着门。大胖的女人出现了，打开门，见是一条小狗，把门关上。小狗又打门，大胖家女人又开门。第三次，五更敲门，大胖的女人去开门，骂了那句话。五更让大胖家女人道歉，大胖坚决不让。接下来，大胖的女人找到五更说，大哥，那天是个误会，俺不是有意骂你的，俺向你道歉。五更说，弟妹，有你这句话就行了，俺啥也不说了。看到这里，大胖的女人走到五更面前，说了电视中的那句话。五更也机械地学着电视中，应了那句话。该省略的程序就省略了。法官问五更，愿意调解不？五更答，愿意。法官问大胖，愿意调解不？大胖答，愿意。五更撤诉，法院裁定，准予撤诉，诉讼费两家各负担一半。

那个电视短片哪来的呢？五更问大胖，是你提供的吗？大胖说，我正想问你呢？没有问出个所以然，就不了了之了。

家庭会议

莫老汉决定召开一次家庭会议，讨论关于家庭的若干具体问题并形成决议。

莫老汉组织召开家庭会议很难，难在他不能把三个儿子和三个媳妇同时聚齐。春节的时候，莫老汉召开了一次家庭会议，说因年龄大了，做不动庄稼活了，把自己的责任田一分为三。规定：每个儿子每年给爹120斤麦子，每个月给20元零花钱。如有重大疾病兄弟三人平摊。当时都没有意见，可收了麦子，种秋庄稼的时候，三媳妇不愿意了，嫌爹分给她家的地地势低，坚决要与二哥换。老二及老二媳妇都在外地打工，联系不上。莫老汉没有办法，就让三媳妇种了老二的地。这下，二媳妇不干了，明明分给她家的地，让老三家种了，便不再给爹粮食和钱。老三家看老二家不给了，也不再给爹粮食和钱了。莫老汉的日子过得很饥荒。

组织召开家庭会议的重担就落在了莫老汉的大儿子身上。莫老大要组织召开家庭会议，还有一个重要的原因，就是莫老大的次子要结婚，他要趁机联络一下感情，到办事的时候弟兄们都能帮忙。年底，大伙都从外地回来了。老大好不容易把大伙召集到一块，老二媳妇首先发了火，说她家的地被老三种了的事，老三媳妇说那地是爹同意让她种的，叽叽喳喳。莫老汉一句话也没有。等女人们嚷嚷够了，老大发话了，召开家庭会议的议题还是给爹粮食和钱的事。老大首先自我检讨，说自己没有带好头，然后批评老三两口子没有经老二两口子同意，就把地给换了。

最后批评老二两口子，不该与老三两口子一样。最后说，既然换就换了，好在老二两口子在外地打工挣钱，不在乎几分地。老二也说，他在外掉的钱也比那几分地的收入多。老大趁机说，老三给二哥道个歉。老三两口子就给老二两口子道了歉。遂把欠爹的粮食和钱给清。最后扯到次子结婚的事，老大邀请老二、老三帮忙，这样，老二、老三春节后打工就不能去那么早了。莫老汉几次想发言，都被大儿子制止。他说，爹的意思我明白，从今以后，谁的孩子结婚让爹受头，要把受头钱先给爹，爹就是装个面子，反正谁的钱还是谁的钱。晚辈结婚时，在仪式上要给长辈磕头，长辈要给新人封红包。

会议进行了一上午，所有的话都说了。老大说，上午都在他家吃，也不让爹回了。老二回家拿了两瓶从外地带回的好酒。老二说，是老板送他的，一瓶酒就200多元钱哩！老三不胜酒力，没怎么喝就高了。喝多酒的老三边打自己的耳光，边说，我个七孙家儿怕老婆。老婆赶紧把他弄回了家。

午饭后，莫老汉又与人一起晒太阳聊天去了。有人问莫老汉，吃的啥菜？喝的啥酒？莫老汉说，乖乖，那酒真贵，一瓶200多元哩。

其实，莫老汉在家庭会议上想说，他想跟着孩子们生活，因为一个人的饭，他做的生不生、熟不熟的，就那么凑合吃了。大儿子也知道他想说什么，可这个议题这次根本就通不过，还是留给下次家庭会议吧。

鹅　魂?

大学同窗杜君出差到我所在的小县城，我立即赶到杜君下榻的宾馆。我与杜君已经将近二十年没有见面了。当年，我们唱着“再过二十年，我们来相会”的歌曲，昂扬挺胸地走出大学校园，各奔东西。一晃，当年的姑娘小伙如今都已人到中年，杜君的到来让我十分激动。

我们相互打听着同窗的情况。昔日的同学都混上了一官半职的，但地位差距悬殊，光县级干部就出了好几个，大多是科局级，在县里当什么局的局长或乡下书记、乡长。官阶最低的某兄在农业局是正股级，但拿到了高级职称。邻近县的几个同学往我所在的小县城赶。好在自己都有车，百几十里路，只一会工夫便到了。

就餐的雅间是我早早订好的，分宾主落座。菜是好菜，酒是好酒。服务员说，这可是正国级待遇的招待标准呢！高脚杯一个人喝三杯之后，我向大伙敬酒，接着是邻县的朋友敬酒。好在每个人的酒量都在八两以上。酒的确是个好东西。喝得少了，人可以控制它。但喝高了，它却胡乱指挥人。热菜上来了，服务员报了菜名。我特意向杜君作了解释，这是本县宾馆里的一道名菜，鹅肉盛在一个脸盆大的钵子里，每块都肥而不腻，上面漂着一层黄油，透亮透亮，令人垂涎欲滴。大厨的这道菜上过电视台参加比武，还得过金牌奖。这道菜自然价值不菲，一盆就300多元。杜君端起来，把这道菜端到一边，说，这道菜谁也不能吃。大伙不解其意。我以为杜君喝多了，想把菜端回桌子上，杜君拦住，说，要吃，你们就先把我吃了。大伙更惊讶，杜君咋说胡话呢?

杜君哭了，哭着给大家讲起了他的故事。

杜君家住县城附近，县城后是一条大河，杜君就住在岸边。那年，大概十一二岁的样子，杜君同小伙伴们去河里洗澡。杜君不识水性，在水里游着游着便到了河中央，河水漫过头顶，杜君感到恐惧，小手拼命地拍打着水面，一沉一浮。可是，一同游泳的小伙伴们也吓坏了，没人敢救。这时，奇迹出现了。杜君在水中险象环生，家中养的两只鹅看到了，两只鹅箭一般地冲过去，一只鹅拧着他一边的胳膊，把杜君拖向岸边。让岸上所有的人都看呆了。是鹅救了杜君一条命。从此，他把鹅视为自己的救命恩人。

大伙感叹，那两只鹅真是神鹅。

杜君说，那两只鹅，是父亲买下的。当年，他还很小的时候，父亲酒后回家的路上，见到一个人在杀鹅，父亲扑上去，拼命地护着鹅。杀鹅的人以为父亲疯了，便说，不让杀，你拿钱来。父亲便拿出 10 元钱。其实，按那时的价格，那两只鹅不值 10 元钱。父亲把鹅带回家，鹅在杜君家中下蛋、看家。

父亲救了鹅，鹅又救了杜君。

我们问，后来呢？

杜君说，什么后来呢？

是那两只鹅最后的结局？

杜君说，十多年前，那两只鹅死了，活了近 20 岁。他把那两只鹅埋在了自家的院子里。现在，家中没了鹅。但是，每到夜晚，一有生人从家门附近路过，便能听到鹅的叫声。可你却见不到一只鹅的影子。

一同学说，杜君，不会是你编个故事逗大家吧？

杜君说，若不信，现在就可以打电话问问老爷子。老爷子就是杜君的父亲。

把老爷子都搬出来了，大家不能不信。

自那以后，我也不再吃鹅肉，也不让同桌吃饭的人点这道菜。

每次下乡，见到坑塘边的鹅，我便想起杜君。每每想起杜君，我便想起坑塘边悠闲散步的鹅。

乞丐

乞丐走进一家彩票投注站，伸出脏兮兮的手，手里捏着 2 枚钢镚。店主马上从抽屉里拿出一张一元纸币，递给乞丐。乞丐说，俺想买彩票。店主说，别买了，讨几块钱不容易，吃顿饱饭不行吗？乞丐坚持要买。店主只好给乞丐机打了彩票。乞丐看也没看就装入破袋子中。

不知哪根神经出了错，乞丐乐此不疲地去购彩票。每期只买一注，每注 2 元钱。

和大多数彩民不一样的是，乞丐只管买，很少询问中不中奖。乞丐没有家，也没有电视，他从没有看过电视直播的摇奖过程。

店主想，乞丐想买就让他买吧，只是他特别留意每期给乞丐打的彩票号。

这一期彩票摇奖结果出来了，乞丐中了100 万元大奖。店主找了几条街，好不容易把乞丐找到。店主说，你中了大奖了。乞丐没有特别的喜悦与激动。乞丐领着店主来到他的住处，一个桥洞下，四面透风。一床破被子胡乱地卷在一起。店主从乞丐成堆破烂的杂物里，终于翻到了那张中大奖的彩票。

店主问乞丐，你有什么打算？

乞丐说，什么打算也没有。

店主说，那你最想做的是什么事？

乞丐说，俺最想做的就是去照相馆照张新郎像。

新娘呢？没有新娘。

店主领乞丐进了一家影楼，照相师傅不给拍照，说，至少应该打扮一下吧。

店主领乞丐买了衣服，又去给他洗了澡，理了发。打扮后的乞丐就不像乞丐的样子了。

乞丐又去了影楼，高高兴兴地当了一回新郎，一回没有新娘的新郎。

店主陪乞丐领回了巨额奖金。

店主帮乞丐买了房子，添置了沙发、席梦思床、电视机等。把剩余的钱以乞丐的名义存到银行。

有了自己的房子，乞丐把那幅照片挂在屋中。

不久，一个和乞丐年龄相仿的女乞丐走到乞丐屋中，和乞丐生活在一起。

女乞丐怀孕几个月了，静养在家中，不再去沿街乞讨。

乞丐照例每天去乞讨，只要现钱，从不要剩饭。

彩票投注站店主问乞丐，你已经有那么多钱了，别去乞讨了，做个生意不行吗？

乞丐说，俺啥生意也不会做，就会乞讨。一天不乞讨，心里就不痛快。

乞丐每天从街上经过，没有人知道在街上乞讨的是一个有几十万存款的富翁。

黄瓜干

春天，麦苗绿了，菜花黄了，叶蜂在花丛间飞舞。风儿吹过，麦田里，油菜田里，一个波浪连着一个波浪。

乡里来了一个什么考察团，说这里真是世外桃源，这里的空气好，风景好。如在这里居住会有种返璞归真的感觉，一定能够长寿。

村外有几间房子，还传来朗朗的读书声。抓教育的副乡长陪同，副乡长说，那是村里的小学。

有人说，到学校里看看，一行人就来到了学校。正赶上课间休息，乡下娃哪见过这么多穿着鲜艳的城里人，都来瞧热闹。校长热情地把一行人让到办公室。其实，学校就是几间简易瓦房，除了教室，校长和其他两个教师挤在一间房里办公。穗穗是这个学校唯一的女教师，教1—3年级数学，另外两个是男教师，教语文及体育。

穗穗被校长喊来招待考察团的人。

穗穗是一所师范学校毕业的，自愿来到农村教小学。

穗穗刚结婚不久，浑身焕发着青春和活力。尤其是穗穗的笑，穗穗一笑，让人回味无穷。

穗穗给众人端来洗脸水。水是从井里刚打出来的，很清。有人说，要是装在瓶里，当矿泉水卖，一定能赚钱。就有人附和，一定行，一定行。

校长又派穗穗去小菜园里摘一篮子黄瓜。

穗穗就去小菜园里摘了一些黄瓜，洗净，放到客人面前。

刚摘下来的黄瓜，鲜嫩着哩。瓜上的刺还没有破，瓜蒂上还带着枯了的黄瓜花。

考察团的人争着去拿，有人也不顾什么吃相，就咬了起来。边吃边说，这才是天然的绿色食品哩。

校长问副乡长，俺学校的校舍修缮费能到位不？副乡长脸子拉下来了，今天是陪客人来考察哩，咋提这档子事呢？再等等吧。

校长说，俺都等两年了。眼看马上到夏天了，一下雨教室里就七漏八淌。

有人望了办公室的屋顶，还真是能望见天。只是屋顶上还盖了层塑料布。

考察团有一位着西装、打领带、戴眼镜的企业家，风度翩翩。有人问企业家，黄瓜好吃不？企业家答，好吃。再问，好吃就买回去些，给你家人和员工吃。企业家说，那也没地方放呀。那人又说，让人给加工成黄瓜干，不就好放了吗？企业家答，好呀。那人补充说，要是卖给你，一斤黄瓜干你给多少钱？企业家答，全凭卖家说了算，你说多少钱一斤就多少钱一斤。

这话被校长听得真真切切。乖乖，黄瓜干要是能卖钱，那笔校舍修缮费不是就有着落了吗？

校长召开全校教师会议，其实就四个人。一个男教师赞同，一个明确表示反对，说，人家说得那是戏言，俗话说是要笑哩！怎能当真呢？穗穗既不赞同，也不反对。讨论的结果是让学生晾些黄瓜干，卖给那位企业家。

校外还有半亩多的荒地也被开垦出来了，就种上黄瓜。黄瓜苗见水就长，一天一个样，没多久，黄瓜就长大了。学生忙着摘下，切成片，晾成黄瓜干。

一位学生家长见了，说，校长，你们这是胡闹。哪有把黄瓜切成黄瓜干的呢？

其实，黄瓜里尽是水细脆，干物质很少。把黄瓜切成片，晾干后就像葱皮一样薄。

但校长却对此深信不疑。

晾黄瓜干的事被抓教育的副乡长知道了，副乡长批评校长胡闹。校长辩解说，你不给钱还不让我们自己想办法呀！

忙活了几个月，全校师生还真的晾了两编织袋黄瓜干。

校长背着黄瓜干，兴冲冲地赶到城里，找到那个企业。可是，人家连门都没有让进，还放出话来，那个漂亮的女教师咋没来呢？要是穗穗来，就买下。

校长回去，让穗穗进城找企业家。

穗穗说，你校长找他都不见，他会见我吗？

校长说，一定会的，你就去吧。

穗穗不情愿去。

校长说，闺女，俺给你跪下了。

看着老校长真的要跪，穗穗就答应去一趟。

穗穗到城里去了两天，还真的办成了，企业家答应给两万块钱。

村里人传言，穗穗让企业家睡了，人家才答应给两万块钱。

穗穗的丈夫知道了，就打了穗穗，说穗穗是贱女人。穗穗委屈得哭了，说，别说俺没让他睡，就是让他睡一次，能给两万块钱也值。你去让人家睡一次，看人家给多少钱？有了这两万块钱，娃们从此可以安心读书了。

企业家说要学校搞个捐赠仪式。

不久，从城里开来几辆汽车，车上下来的有那位企业家、有县教育局局长、有抓教育的副乡长，还有报社、电视台的记者。

村民拿起了家伙，敲锣打鼓，响声震天。

校长讲了话，学生代表发了言，企业家讲了话，副乡长讲了话，局长最后也讲了话。

整个捐赠仪式搞得热热闹闹的。

怎么招待前来的领导和记者呢？

校长发了愁，找穗穗想办法。穗穗问当记者的同学。记者对穗穗说，一切都不用你操心，那位企业家全包了。

一群人回到城里，在宾馆吃的饭。企业家到各桌敬酒，觉得自己很风光。

次日的报纸、电视台都在头版头条对企业家捐资助学的事给予报道，只是都没有提黄瓜干的事。

原来穗穗去城里，没有直接去找企业家，而是找到在电视台当记者的同学。记者出面，企业家开始不认。记者说，你一句戏言，让全校师生忙活了一年。企业家说，我也没有让他们给晾黄瓜干呀？记者说，我找几个人给你曝光，行不？随便把你折腾一下，你会损失多少？不如名正言顺地捐赠，我们给你做个正面宣传，全当花钱做广告。企业家与记者们也都熟，他还真的不敢得罪记者，因为今后还有用得着记者的时候，就答应了。

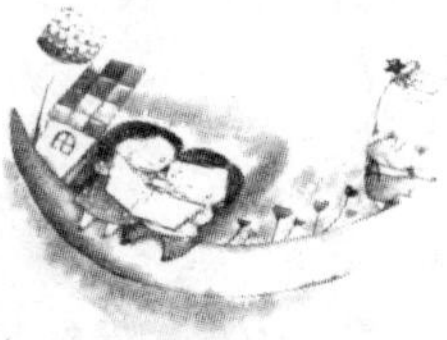

木 生

木生聪明，村里人都夸木生长大后有出息。

木生考上了大学，木生的爹娘十分自豪。

大学毕业，木生在城里参加了工作。木生找的女朋友翠花，翠花是某局副局长的千金。

结婚是在城里办的，很排场，请了婚庆礼仪。司仪是电视台的节目主持人，主持人宣布叩拜父母时，却把当副局长的岳父夫妇当作做木生的爹娘，这让木生的爹娘心里很不舒服。木生结婚买房子，是副局长出的钱。木生爹娘想，不舒服就不舒服吧，谁让咱攀上副局长做亲家呢！

每年春节，都是在城里过的。过了节要回乡下给爹娘亲戚拜年，妻子不愿回，木生好话说了一火车，翠花勉强答应随木生回乡下。妻子不给爹娘拜年，也不给亲戚拜年。好在亲戚都能理解，能走动一下，就是拜年哩！

妻子生下小宝。再回乡下，就更热闹了，都给小宝压岁钱，有 100 元，有 200 元的，共给了 2000 多元。堂嫂们夸木生媳妇有福气，说木生娘对翠花好，还有拿自己与翠花比的，说自己的婆婆没有给自己买过一件衣衫。这下，翠花不乐意了，说婆婆从没有给自己买过一件衣衫。娘听了，眼里一热，说，你也没有给我买过一件衣衫呀？也没有给爹娘一分钱呀。木生怕老婆，每月发了工资，全部交给妻子翠花。有时候，单位里随份子都要向人借。为这，木生很为难。当晚，翠花抱着小宝回了城。木生在爹娘面前也没有面子，也回了城。

得知女儿与婆婆闹了别扭，副局长狠狠地骂了女儿。副局长说，自己就是从乡下走出来的，谁也不能忘记自己的爹娘。原来家里的钱由翠花一人保管，改为由夫妻二人共同保管，需要开支二人商量。

副局长安排女儿，有时间把公公、婆婆接到城里，住上一阵子，他要与亲家唠唠嗑。可是，无论怎样，木生爹娘就是不肯到城里住，即便到城里，给儿子送一些新鲜瓜果，也是放到门口就走。因为，一进入儿子的家门，儿媳妇就让换上拖鞋，吃饭时不能掉一个米粒。更要命的是木生爹抽烟，而儿媳妇绝对不允许在屋里抽烟，要抽烟就到楼下。住上一晚，第二天儿媳妇要把沙发罩、床罩洗一遍，木生还要受许多埋怨。

单位要提拔一批中层领导，木生也在考察对象之列。公示后，有人反映木生对爹娘不孝，木生提拔的事就黄了。副局长领着女儿，来到木生老家，看木生的爹娘。副局长说，他没有教育好女儿，请亲家原谅。亲家如此宽宏大量，木生的爹娘很感动。副局长特别安排女儿和木生，每个月都要回老家看看爹娘，每月给爹娘200元零花钱。

木生提拔的事被人搅黄，翠花知道自己做的太过分了，就每个月和木生回家看爹娘，每次都是大包小包，每月给爹娘200元零花钱。娘说，她用不着钱。翠花说，用不着也拿着。木生回到村里，见人就让烟。村里人说，木生变得懂事了。看到木生两口子经常回家看看，村里人很是羡慕。有人说，《常回家看看》那首歌唱得真好。木生娘有了钱，感觉很温暖。

副局长患病住院了，木生爹娘拿着平时儿媳妇给的零花钱送到医院，说，你们给的钱，一直没有动，这下用得着了。副局长说，他是公费医疗，用不着自己掏现钱。婆婆把钱一下子拿出来，这让儿媳妇翠花很感动。

病床上，副局长与木生谈了许许多多的事情，包括如何做官，如何对待上级，如何与同事相处，如何对待家庭及亲人等等。

不久，木生被提拔为一个乡的副乡长。

有人说，早就看出来，木生就是当官的料。

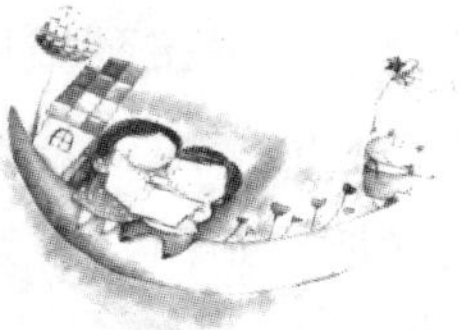

跟　车

大宝没有考上高中，让老师很失望。

在老师眼里，大宝是有特长的。有一次，在乡里数理化竞赛中，大宝一口气背下圆周率π小数点后的200位。π小数点后的数字，让一般人头疼，但大宝却能背下来。大宝的爹却不以为然，说自家孩子不是上学的料。本来老师动员大宝再复习一年，大宝不想复习，爹也不支持，就算了。

小小年纪，大宝就跟村里人到南方打工。人家说他不到18岁，是童工，不要。大宝对人家说，他出生于哪年哪月以及属相。人家问他为什么长得那么瘦小，他说小时候得了一种病，影响了发育，人家就信了。大宝打工的是一家民营电器企业，生产节能灯泡。大宝的工作就是往里边放钨丝，要求非常精细。放错了，灯泡就不亮了。每天工作十几个小时。开始，大宝有点吃不消，想爹，想娘，想回家。有人告诉他，现在回去，一分钱也拿不到。到了年底才能结账，再坚持坚持吧。大宝咬咬牙，就坚持下来了。平时，大宝不赌牌，不喝酒，很少花钱，到了年底，给爹拿回家几千元。看到儿子拿回的钱，爹娘高兴得不得了。儿子一个月挣的钱抵上一亩地一年的收成。他杀了一头大肥猪，用猪头敬奉菩萨。又放了一场电影。爹自豪地说，这比上大学实惠得多，大学毕业了又能怎么样？还不是找不到工作。

几年下来，大宝挣了数万元，爹用这钱盖了两层小楼，家里还添了平面直角的彩电，堂屋还弄了鱼缸，里面放了越南红鱼，非常好看。娘说，她想抱孙子了。大宝说，不急不急。其实，娘托人给大宝介绍了几个姑娘，大宝说没有感觉。娘问，要什么感觉？大宝说，放电的感觉。娘无语。

那年，老家的大巴客车来厂里接人，大宝和老乡一起坐大巴回了家。路上吃饭时，他见一个妇女坐在地上哭。原来，那个妇女也是搭车的，停车吃饭时，她吃饭后又去了趟卫生间，因身子不舒服，耽误了时间，车就开走了。她没有记住车牌号，车上还有她的行李。大宝不忍心，掏出100元钱，让她搭车回去。在车上，大宝与司机聊天，知道车上有专人“跟车”，负责途中上下人，清点人数。途中落下人，是“跟车的”责任。一般地，长途客车有两个司机，可以轮换开车，在车上休息。大宝说，他想跟车，就给司机师傅留了电话号码。

三六九，往外走。正月初八，开车师傅打来电话，让大宝跟车去。大宝去了，与车主交谈。车主说，跑北京，三天一个班次，可以休息一天，一个月工资1500元，比司机少500元。少就少吧，因为司机责任更大。检票时，原来跟车的在一个本子上记下途中有几个下车的，还有哪个买了票没有上车。大宝一看全明白了，这与前天在家与堂兄打扑克何其相似。正月初，人都闲，串亲戚，喝酒，打牌，耍小钱。有一个堂兄是盲人，小时候害病瞎了眼睛，但脑子好使。堂兄去盲人按摩学校学习后，就被一个单位聘了去，一个月1000多块钱。起牌的时候，堂兄让人告诉他是张什么牌，然后放入手中。出牌时，让人告诉他别人出的什么牌，他随意从手中抽出牌，从没有出错过一张。大宝问，哥，你咋能不出错呢？哥说，我记心里了。大宝佩服堂哥的记忆力。跟车的与车主说，他只能带大宝一趟。车主想让那人再带大宝两次，大宝说，不用了。不就是记上几个下几个？比考大学容易多了。大宝跟车，心里一下子亮堂了。不用在本子上记，心里就记下了。一上车，他就记下上车多少男的，多少女的，有几个老人，几个孩子，都在哪个座位上。包括谁带了几个包，大包还是小包，放在哪里。尤其是途中下车解溲时，下来几个人，他记得清清楚楚。有一次，有一个人晕在厕所里，他去厕所把人喊出来。

一次，从北京回，下车后，一个妇女喊，自己的钱包被人偷了。可是，中途有人下车，上哪去找偷钱包的人。派出所的民警来了，问了情况，不了了之。大宝想，可能有人夜里趁人熟睡之际下手的。又一次，有两个熟悉的面孔上了大宝跟的车。坐好后，大宝悄悄地走到那两人的跟前，说，哥们，招子放亮些。那人答，堆上哩。大宝问，根上的还是梢上的？那人说，梢上的。原来是新手！几句黑话，两人不再下手，也不再上大宝跟的车。

自大宝跟车后，开车师傅再不用操旅客的心了。一年时间，没有被旅客投诉过。

车主说，给大宝加工资，与司机一样，每个月都是2000元。这在整个县城客运行业里还是头一份。

大学录取通知书

胖婶走了，走得很安详。

人们都说，胖婶有福，没有大疾，说走就走了。

胖婶有两个儿子，大头和二头。胖婶的丈夫因一场车祸死去，胖婶没有再嫁，拉扯两个儿子，给两个儿子娶了亲。儿孙满堂，胖婶很满足。

大头和二头到村里辈分最高的九爷家给九爷磕了头，请了九爷当大总管，九爷应了。大头和二头就按九爷的吩咐给来人磕头。说好葬礼的费用两家二一添作五。葬礼上，大头和二头的媳妇因为鸡毛蒜皮的事闹得不安宁。九爷一跺脚，说，再闹我不管了。大头和二头都骂了媳妇，不吭气了。埋了娘，大头和二头又因为算费用账闹开了。大头有五个儿子，二头有两个儿子一个丫头。大头媳妇的娘家来人少，二头媳妇的娘家来人多，平分费用，二头媳妇嫌亏，二头也觉得亏，因为亲戚家送的礼终归是要还的。算完葬礼的费用，大头和二头决定，五七礼的客各待各的。人死后，家人每七天要到墓地烧些纸钱祭奠，第五个七天要请所有的亲戚来，共同祭拜，并招待客人。

五七礼各待各的客，这让亲戚们作了难。要是哥俩还伙着把五七礼办了，哪怕以后少来往，面子上也说得过去。如今，哥俩掰了，五七礼不能不去，去大头家得罪二头，去二头家得罪大头，在二者之间必须做出一个选择。因为不能同时去两家。村干部想调解，结果碰了一鼻子灰。就没有人再提此事。

大头和二头娘五七礼时去了大头家的，逢年过节就与大头来往，去了二头家的逢年过节就与二头来往。亲戚们就这样磕磕绊绊，不和不睦。

十几年过去了，二头的小儿子冬冬考上了一所全国重点大学。一纸大学录取通知书，让全家人沉浸在幸福中。二头决定请亲戚朋友热闹一番。可是，请谁呢？因为娘五七的事，有些亲戚早没有了来往。冬冬说，请所有的亲戚。二头说，行吗？冬冬说，就看我们全家人心诚不诚。当年，奶奶五七时，爹与大伯闹得不愉快，冬冬印象不深。冬冬与爹一起去了大伯家，说了和好的意思。其实，大头也觉得当年闹掰，自己做哥哥的也有不对的地方，这些年一直愧疚。如今，侄子考上了大学，正是两家和好的机会。大头就答应了二头的要求。而且，大头和二头特意去请了九爷。九爷说，是你娘保佑你们的。九爷已90多岁，不能当总管了，就有人说，让九爷当名誉总管。反正，酒席上没有九爷不成。

所有的亲戚都来了，连村里以前没有来往的也来喝喜酒。有人说，冬冬大学毕业后，最差也可弄个县长干干，以后说不定有求于人家哩。

二头让放了三天电影，这事方圆几十里都知道。

小村出了一个重点大学生，县里也给了奖励。

从乡间小路走出来，冬冬走进首都北京。他要在那里实现他的梦想。